나는 너멍굴을 선택했다

나는 너멍굴을 선택했다

초판 1쇄 2021년 11월 8일 발행

지은이	진남현
펴낸이	김성실
기획	박성훈
책임편집	김태현
디자인	최윤선
제작	한영문화사

펴낸곳　시대의창 등록 제10 - 1756호(1999. 5. 11)

주소　03985 서울시 마포구 연희로 19 - 1

전화　02)335 - 6121 팩스 02)325 - 5607

전자우편　sidaebooks@daum.net

페이스북　www.facebook.com /sidaebooks

트위터　@sidaebooks

ISBN　978 - 89 - 5940 - 768 - 2 (03810)

나는 너멍굴을 선택했다

90년생 진남현
자력갱생 에세이

시대의창

들어가며. 나도 자유롭게 살겠다

조금만 더 하면 자유로워질 거라 했다. 더 배우고 더 일했지만 자유로움은 항상 조금 더 멀리 있었다. 그렇게 27년을 살아가던 중 의문이 들었다. 나의 자유로움이란 친구와 술 한잔 마시고 따뜻한 집에서 자면 된다는 뜻인데, 뭘 자꾸 더 하라고 할까. 술값과 방세를 위해 아르바이트 자리를 전전할 때 의심은 극에 달했다. 분명히 조금 더 노력하면 편하고 재미있게 살 수 있다고 했다. 그런데 대학에도 갔고 일을 했는데도 세상은 조금 더 노력해야 잘산다고 말하는 것이 아닌가. '조금 더'에 끝은 없었다. 속았다. 지금이라도 이곳을 떠나야 한다. 2016년, 스물여덟 번째 봄이 왔고, 나는 다니던 대학을 때려치우고 전 재산 100만 원을 인출해 농촌으로 갔다.

첫 귀농지는 삼례라는 작은 읍이었다. 듣던 대로 농촌은 자유로웠다. 빈 땅은 많았고, 사람은 적었다. 경쟁은 자연히 줄어들었다. 보증금 없이 월 10만 원으로 방 세 칸에 거실과 화장실이 딸린 집을 구할 수 있었다. 한 달에 100만 원이 안 되는 돈을 벌었지만 동네 친구들과 술 마시고 놀면서 아주 약간씩 저축도 할 수 있었다. 동네 할머니에게 인사만 했을 뿐인데, 할머니는 100여 평의 땅을 무상으로 빌려주셨다. 모든 것이 편안하게 돌아갔다. 여름이 오자, 방학과 휴가를 맞이한 선배님, 후배님, 친구님 들이 앞다퉈 시골의 여유를 맛보고자 몰려왔다. 방이 세 개인 것이 실화인가. 농사를 진짜 짓는 건가 등등. 모두들 실물을 확인하고 신기해했다. 우리는 이 작은 자유를 자축하기 위해 술판을 벌였다. 도심의 여느 술집에서처럼 새벽까지 놀아재꼈고, 참다못한 할머니들이 우리를 신고하기에 이르렀다. 6개월간의 작은 자유는 그렇게 종말을 맞았고 나는 또다시 새로운 귀농지를 찾아 떠나기로 결심했다.

향후 200년은 개발 가능성이 없는 땅이 필요했다. 아무리 소리를 질러도 민원이 들어오지 않을 땅이어야 했다. 수소문하던 중 엄청난 이야기를 들었다. 마을 너머에 오랫동안 사람이 살지 않는 골짜기가 있다고 했다. 마을 사람들은 산 너머에 있는 굴 같은 골짜기라 하여 그곳을 '너멍굴'이라 불렀다. 직접 가서 보니 골짜기는 농사를 짓기엔 햇빛이 적었고 물이 부족했다. 거기에 멧돼지와 고라니가 수시로 작물 곁으로 마실을 나오니 작물은 열매를 맺어보지도 못한 채 죽었다. 산 아래 마을 사람들은 하나둘 너멍굴 농사를 접었고, 농토는 고라니 쉼터가 되었다. 바로 그곳에 마을 어르신의 가족 요양을 위해 지었다는 빈 집이 한 채 있었다. '자유의 땅은 이곳이다.' 6개월간 틈틈이 저축한 돈으로 작은 트럭을 장만했다. 2016년 가을, 나는 트럭에 모든 집을 실어 너멍굴로 이주를 감행했다.

　　　산골에 혼자 사니 뭘 해도 과연 민원이 들어오질 않았다. 모두가 잠든 시간에 엔진 톱을 돌려도 술에 취해 친구와 고성방가를 일삼아도 됐다. 자유였다. 막힘없이 겨우내 놀다 보니 조금 심심해졌다. 영화도 보고, 농장도 풍요롭게 가꾸고, 집도 예쁘게 짓고 싶었다. 그런데 산골에서 집과 농장을 새로 짓자니 돈이 부족했다. 고민 끝에 늘 하던 대로 그냥 이곳에 하고 싶고 누리고 싶은 것들을 직접 만들기로 했다. 어차피 100만 원과 몸뚱이 하나뿐이니 잃을 건 없었다. 그렇게 내 마음대로 살고 싶어 시작된 일이 벌써 6년째 이어지고 있다. 이제부터 그 이야기를 찬찬히 해볼까 한다.

너멍굴 전경

목차

일러두기

이 책은 기본적으로 시간의 흐름에 따라 내용이 전개되지만, 때로는 주제에 따라 순서가 뒤바뀌어 있기도 하다. 이해를 돕기 위해 248쪽에 간략한 연보를 수록했다.

1장

100만 원 들고 귀농하다

생각해보니 나에게 졸업장은 꼭 필요한 게 아니었다. 그깟 종이 쪼가리를 위해 귀중한 시간을 더 흘려보낼 수 없었다. 결정적으로 모아둔 100만 원이 언제 바닥날지 몰랐다. 고민할 이유가 없었다. 당장 내려가자. 그렇게 4학년 1학기를 앞둔 스물일곱 살의 겨울, 진짜 귀농이 시작되었다.

귀농 자금 100만 원

밥은 먹고 살아야지

※

개인의 삶은 시대의 부속물이다. IMF가 오지 않았다면, 나는 농사꾼이 되지 않았을 것이다. 기억에 따르면 나는 제법 유복한 중산층 가정에서 태어났다. 어머니는 은행원, 아버지는 시청 공무원이셨다. 서울에서 태어났고, 안양에서 자랐다. 그렇게만 계속 자랐다면, 나는 열심히 공부해서 대학에 가고 취업하고 결혼해서 화목한 가정을 이뤄 평범한 직장인으로 늙어갔을 것이다. 그런데 90년대 후반 경제위기가 찾아왔고, 우리 집의 소박한 평화는 무너졌다.

IMF가 터졌을 때 난 초등학생이었다. 그땐 아무것도 몰랐다. 다만 시간이 지날수록 집의 층수가 내려가고, 간식으로 과자나 라면을 먹는 날이 많아졌다. 중학생이 되자 반지하 방으로 내려간 집은 대학생이 되어 자취방을 찾을 때까지 올라오지 못했다. 고등학교에 입학하기 전 부모님은 서로 남이 되셨고, 나 또한 따로 구해준 집에 혼자 살게 되었다. 지금 생각해보니, 한 살이라도 젊은 나이에 자유로운 삶을 만끽하게 해준 부모님의 용단에 참 고맙기 그지없다.

그땐 어려웠던 현실 탓에 자유를 만끽할 여유가 없었다. 그래도 대한민국에 인간미가 있었던 것이 나처럼 찢어지게 가난한 학생들의 경우, 학교에서 급식비와 교육비를 면제해줬다. 교복만 잘 빨아 입으면, 여느 집안의 자식들처럼 번듯한 중등교육을 누릴 수 있었다. 나 역시 혼자 살면서 내신을 관리하고 수능을 준비하는 것보다 교복을 깨끗이 빨아 입는 데 주력했다. 다만 주말에는 조금은 고통스러운 시간이 찾아왔다. 집에 쌀이 없거나, 전기료를 내지 못해 강제 소등을 당하는 시간이 많았기 때문이다. 그럴 땐 이불 속에 들어가 에너지 낭비를 최대한 줄이고 다가올 월요일을 기다리며 잠시 동면에 들어갔다.

이런 현실에서 직업 선택은 단순한 목적을 충족하는 것이 된다. 밥은 제대로 먹고 살 수 있는 직업, 딱 그거면 충분했다. 밥을 먹으려면 쌀과 식재료가 필요하다. 거기에 따뜻한 집이 있어야 하고, 전기가 들어와야 하며, 가스레인지가 있어 국이나 반찬을 해 먹을 수 있어야 한다. 이 모든 것을 하는 데 얼마나 돈이 들까 고민해보았다. 도시에서 이 모든 것을 하려면 번듯한 직장을 가져야 할 테다. 그런데 우리 부모를 돌아보건대 아무리 잘나가는 직장도 IMF가 오면 부질없는 일이었다. 그렇다. 직접 쌀을 만들고, 직접 집을 만들면 시대가 제아무리 개인을 뒤흔들려 해도 밥은 먹을 수 있겠다 싶었다. 먹고 남은 것들을 내다 팔면 돈도 해결되지 않을까? 배가 고프면 배를 채우고, 몸이 추우면 따뜻한 집에 있으면 된다. 이러한 '밥 먹고 살고자 하는 욕망' 덕분에 나는 고등학교 2학년 때부터 장래희망 란에 '농사꾼'이라 적을 수 있었다.

농활과 '먹고 놀자 대학생'

✳

가정 형편과는 무관하게 부모님은 내가 대학에 가길 원하셨다. 특히 어머니의 열망이 강했다. 어머니는 공부에 때가 있다는 말씀을 자주 하셨다. 당신이 어릴 적, 집이 어려워 취직을 하고 야간으로 대학을 나온 것이 못내 아쉽다고 했다. 그렇게 해서 난 인문계 고등학교에 진학했지만, 공부는 재미없었다. 어차피 학원이나 선행학습이 없으면, 수업과 수능을 동시에 따라갈 수 없었으니, 그냥 고등학교 시간을 충실히 보내고 농사를 지으러 가야지 했다.

그러나 인문계 고등학교는 학생의 다양한 꿈 앞에 열려 있는 공간이 아니다. 농사꾼이 장래희망이라는 아이에게 수능을 위한 0교시와 11시까지의 야간 자율학습을 강제했다. 너무 많아 잠도 오지 않는 자습 시간, 시간이나 때우려 책을 읽었다. 이때 한국문학과 사회과학 도서를 의미도 모르고 읽어재꼈다. 그래서였을까. 난 운 좋게 논술전형으로 사대문 안에 있는 대학 역사학과에 진학했다.

등록금을 어렵사리 내고 대학에 들어가니, 놀 일밖에 없었다. 기왕 이렇게 된 거 신나게 놀다 졸업하고 농사지으러 가리라 마음먹었다. 취업이 목표가 아니니 어학이나 학점 등 스펙에는 관심이 없었다. 수업이 재미없으면, 밖으로 나가 꽃놀이를 하던가 박물관이나 미술관에 갔다. 농사에는 샌님들의 펜이 아니라 호미가 있으면 되니까. 그래도 학생회가 주최하는 농민학생 연대활동(농활)에는 열심히 참여했다. 봄, 여름, 가을, 겨울. 1년에 네 번씩 대학 4학년 1학기 때까지 별일 없으면 항상 시골로 가서 농사일을 조금 돕고 선배들과 술을 마셨다. 나의 외할머니께서는 그런 나의 대학 생활을 보며 이렇게 일갈하셨다.

"옛날 대학생은 먹고 놀자 대학생이었는데, 요즘도 그러는구나."

그런데 농활이 문제의 출발이었다. 농활은 농민과 학생이 연대해 우리 사회의 농촌 문제를 해결하자는 목적을 가진 학생들의 활동이다. 난 처음에 그곳을 농사 기술을 배우는 센터쯤으로 생각하면서 참여했다. 그러나 농활에 참여하는 횟수가 늘어날수록 나의 '반사회성'은 날로 증가했고, 결국 학생회 활동에 발을 들이게 되었다.

내가 대학에 입학한 2008년은 이명박 각하께서 용상을 거머쥐신 해였다. 각하께서는 즉위 후 바로 '광우병 쇠고기 수입'이라는 이슈를 들고 나왔고, 난 여름방학 두 달을 선배들과 광화문 거리를 뛰어다니면서 보냈다. 나의 전공인 사학은 어른들이 말하는 빨갱이들의 기수와도 같은 학문이었다. 현대사 수업을 조금만 들어도 맑스, 자본주의, 친일 잔재와 같은 문제를 쉽게 접하고 배울 수 있었다. 거기에 나의 '먹고 놀자 대학 생활'이 만나면서 난 대학 생활의 대부분을 학생운동을 하며 보냈다.

더 늦으면 답도 없다

꽃

그렇게 데모나 하러 다니며 술을 퍼먹고 또 먹다 스물네 살에 군대에 갔다. 제대하고 나니, 제법 농사지을 때가 가까이 온 것 같아 신이 났다. 그래서 학교에서 농사 관련 서적을 본격적으로 찾아보았다. 그런데 책에는 내가 생각하던 것과는 많이 다른 내용이 나왔다. 보통 귀농 관련 서적에는 이 작물을 키우면 수익이 얼마고, 어떤 교육을 받아야 하고, 얼마의 비용이 발생하는지 나왔다. 대부분의 내용이 농촌생활 자체가 쉽지 않다는 글로 가득 차 있었다. 가장 인상 깊었던 내용은 처음에는 소득이 없으니 반드시 생활비를 가져가야 한다는 점이었다. '먹고 놀자 대학 생활'에 취해 생각하지 못했던 현실을 깨치는 순간이었다.

그럼 얼마의 생활비를 가져가야 하는가? 몇 권의 책을 읽던 중 "3년 치 생활비"라는 글귀가 눈에 들어왔다.

"3년 치 생활비면 얼마지?"

내가 다니던 학교는 당시 경상북도 상주로 농활을 갔다. 그곳의 도토리를 닮아 별명이 도토리라는 형님에게 1년 치 생활비를 물었다.

"글쎄, 한 700만 원 드는 것 같은데?"

형님은 4인 가족이다. 생각보다 많이 들지 않아 보였다.

무엇이든 생각이 떠올랐을 때 해야 한다. 그렇게 복학생 신분을 획득하자마자 다시 휴학을 했다. 그러고는 알바 전선에 뛰어들었다.

그런 나를 긍휼하게 여겼던 한국현대사 교수님이 계셨다. 교수님은 자신의 모교인 연세대학교 박물관에 알바 자리가 났다며 추천해주었다. 그곳에서 일하며, 저녁에는 과외를 하고, 주말에는 레스토랑에서 서빙을 했다. 한 달 뒤 통장 잔고를 보며, 이대로 1년이면 귀농 자금을 모은다고 확신했다.

그러나 너무 오래 가난했던 것이 문제였다. 한 번에 수백만 원의 돈이 들어오자, 그간 친구들에게 받아먹었던 술도 갚고, 데이트 비용도 펑펑 썼다. 신촌에 번듯한 월셋방도 얻었다. 그렇게 1년의 휴학이 끝나자 내 통장에는 200만 원이 남아 있었다.

다시 복학을 했다. 1년을 학교 앞 옥탑방에서 자취를 하며 살았다. 조금 더 공부해서 졸업장도 받아두고, 도시에서 농사도 지어보자는 마음에서였다. 그런데 20대 초반에 너무 학업을 등한시한 탓에 학점은 채워도 채워도 부족했다. 거기에 도시 농업은 농사라기보다는 주변에 떠벌리기 위함에 지나지 않았다. 상추, 고추 몇 포기, 꽃 몇 송이를 심어놓고, 친구들이 놀러오면 고기를 구워먹으며, '낭만적인 농업'에 대해 이야기하고 거들먹거리는 것 말이다. 1년이 지나자 모아둔 귀농 자금은 100만 원이 되었다.

생각해보니 나에게 졸업장은 꼭 필요한 게 아니었다. 그깟 종이 쪼가리를 위해 귀중한 시간을 더 흘려보낼 수 없었다. 결정적으로 모아둔 100만 원이 언제 바닥날지 몰랐다. 고민할 이유가 없었다. 당장 내려가자. 그렇게 4학년 1학기를 앞둔 스물일곱 살의 겨울, 훌쩍 귀농했다.

고향 고르기

남산골 샌님의 탁상공론

✳

일단 어디로 갈지를 정해야 했다. 배운 게 도둑질이라고, 귀농지를 고를 때도 지금껏 책만 보고 살아온 남산골 샌님의 방법을 택하기로 했다. 한국 전도를 펼치고 펜을 들고는 후보지를 골랐다.

"예전에 통영에 갔을 때 참 예뻤지."

"상주가 농활을 자주 가서 면식이 좀 있지."

이런 말도 안 되는 이유로 후보지를 고르고 있었다. 내려가면 나의 마지막 고향이 될지도 모르는 곳을 이렇게 허망하게 고를 수는 없었다. 조금 더 현실적인 이유가 있어야 했고 실현 가능한 장소여야 했다. 기준을 세우자! 며칠을 고민한 끝에 나만의 귀농 후보지 선발 기준안이 작성되었다. 그 기준은 이랬다.

첫째, 서울에서 가까워야 한다. 지금껏 나의 생활 반경은 서울과 경기도를 크게 벗어나지 않았다. 모든 인맥이 이곳에 몰려 있고, 누리고 있는 문화 자산도 이곳에 집중되어 있다. 시골에서 농사를 지으면 작물을 팔아야 할 터인데 '나를 모르는 사람보다는 아는 사람이 더 사주겠지?'라는 생각이 들었다. 그러니 생산물을 가지고 올라오거나, 친구들을 보러 상경하기에 부담 없는 거리여야 했고 교통이 그나마 편리해야 했다. 얼마나 가까워야 할까? 내가 지루해하지 않고 버스를 탈 수 있는 시간을 떠올려 보았다. 대략 2시간 정도였다. 서울을 중심으로 2시간 어간의 거리를 표시하자 충청, 강원 서부, 경북 일부와 전북이 후보지로 정리되었다.

둘째, 도서관과 수영장이 있어야 한다. 나는 가난한 샌님이라 혼자 있는 것이 익숙했다. 가난한 학생이 혼자 놀기에 책만큼 다채롭고 즐거운 것은 없었다. 한번 취미가 들고 나니 심심하거나 혼자 있을 때 책을 보는 시간이 많았다. 그런데 이 책이란 놈은 참 사서 보기가 싫다. 그래서 도서관을 많이 이용했다. 농촌에 가면 지금보다 몇 배는 더 심심하고 조용할 테니, 도서관이 크고 번듯하면 좋겠다 싶었다. 집에서 걸어갈 수 있는 거리에 도서관이 있어야 한다는 기준이 그렇게 들어갔다.

대학 시절 술을 좋아하니 늘 숙취가 고민이었다. 숙취는 잠을 자도 해장을 해도 제대로 풀리기까지 시간이 많이 걸렸다. 그러던 중 같은 과 후배와 수영장을 다니면서 숙취 회복의 신세계를 발견했다. 전날 아무리 취해도 다음 날 아침 수영을 하고 나면 회복이 빨랐다. 무엇보다 씻는 것을 겸할 수 있어 좋았다. 그렇게 몇 년을 수영장에 다니니, 이 또한 농사지을 때 같이 하면 좋겠다는 생각이 들었다.

셋째, 젊은이가 있어야 한다. 난 술을 아주 좋아한다. 또 심심한 것을 잘 참지 못해, 돈이 생기면 친구들과 고주망태가 되도록 노는 것을 즐겼다. 고로 농촌에 내려가서도 술을 좋아하는 동네 친구가 있으면 했다. 물론 내 다년간의 농활 경험에 따르면 시골 할아버지들은 모두 애주가이시다. 그러나 기왕이면 또래가 있다면 더 좋겠다 싶었다. 젊은이가 많으면 함께 놀 확률이 높아질 테니, 귀농지는 젊은이가 많은 시골이면 되겠다는 기준이 세워졌다.

서울시 청년허브와 귀농귀촌 박람회

✳

기준을 세우고 이제 본격적으로 후보지를 찾아 나섰다. (물론 지금도 꾸준히 열리지만) 당시에는 각 도별로 열렸던 '귀농귀촌 박람회'가 꽤나 성황을 이뤘다. 이 박람회는 보통 양재AT센터에서 열렸다. 내가 본격적으로 후보지를 찾을 때는 '전라북도 귀농귀촌 박람회'가 한창 열리던 시기였다. 전라도가 얼마나 풍요로운 땅인지 역사책에서 본 기억이 살아났다. "그래, 기왕에 농사를 지으려면 풍년이 드는 곳으로 가야지."

그렇게 부푼 꿈을 안고 양재AT센터를 찾았다. 박람회장은 각 지자체별로 개별 부스가 꾸려져 있었다. 일단 많이 들어본 지역 부스에 가서 상담을 받아보았다.

"주 작물은 어떤 작물로 생각하고 계세요? 교육 시간은요?"

"아직… 유기농 해보려구요."

"유기농 힘든데… 가족은 있으시구요?"

"아직… 가서 찾으면 되겠죠?"

"그건 불가능인데… 귀농 자금은 얼마나?"

"100만 원이요."

이쯤 되면 상담은 엷은 미소와 팸플릿 몇 장으로 끝난

다. 허탈했다. 각 지자체별로 지원은 빵빵했다. 집을 수리해준다는 둥, 이사비를 준다는 둥, 땅 사는 데 대출을 해준다는 둥 모두들 귀농인을 받아 인구를 늘리려는 의지가 강했다. 다만 나는 그들이 말하는 귀농인이 아니었다. 굳이 말로 옮기면 나는 '청년 거지' 같은 존재였다. 돈은 없고 두루뭉술한 소리나 하며 '일단 내려가겠다는 놈'에게 상담은 대개 허망하게 끝이 났다.

박람회장에서 청년 거지의 현실을 목도하고 난 좌절했다. 그러던 중 후배 하나가 서울시 청년허브에서 '귀농귀촌 사람 책'을 한다고 가보라고 했다. 사람 책? 강연이면 강연이고, 박람회면 박람회지, 사람 책은 또 무어란 말인가? 가릴 처지는 아니니 일단 가보기로 했다.

그곳에는 지역의 문화활동가들과 농업에 관심이 있는 청년들이 모여 있었다. 박람회장에서보다는 또래의 기운이 물씬 났다. 들어보니 사람 책이란 그들과 질문하고 대답하면서 서로의 이야기를 나누는 확대된 오프라인 토론방 같은 것이었다. 편안한 분위기에서 이야기를 나누니 한결 나았다. 당시 '귀농귀촌 사람 책'에는 청송, 완주, 홍성에서 각각 두어 명의 청년이 참여했다. 세 지역 모두 나에게는 낯선 공간이었지만 귀농 귀촌 쪽에선 떠오르는 지역이라고 했다. 난 귀농하면 '농가 소득 1위'에 빛나는 상주만을 떠올렸는데, 그들은 지역 문화와 인적 교류망을 이야기했다. 전혀 들어본 적 없는 말들에 신선한 기분이 밀려왔다. 거기에 다들 30, 40대의 젊은 층이 나와 있었다. 그중 완주에는 토리라 불리는 40대의 문화기획자와 농사를 꿈꾸는 20대 중반의 다솜이라는 사람이 나와 있었다. 그들이 하는 말들도 신선했지만, 나의 자본금 100만 원과 무모함을 무시하지 않는 태도가 고마웠다. 즐거운 이야기 뒤에 겨울에 내려가 직접 둘러볼 수 있다는 이야기를 들었다. 역시 지성이면 감천이라 했던가. 겨울이 오자마자 고민할 것 없이 완주 탐방을 떠났다.

완주에서의 일주일

✳

2015년 겨울, 아무 정보와 여비 없이 찾아온 나를 맞아준 것은 문화기획자 토리였다. 그는 완주군 삼례읍에서 씨아트라는 문화예술 협동조합을 운영하고 있다고 했다. 그가 운영하는 협동조합은 당시 게스트하우스를 운영했는데, 그는 나에게 당장 돈이 없으면 그곳에 머무르며 완주군을 둘러보라고 했다. 세상에 이런 인심도 존재하는구나. 덕분에 완주 여정을 하던 일주일 동안 나는 아주 따뜻하게 지낼 수 있었다.

처음 며칠은 토리가 소개해주는 협동조합들을 구경했

다. 토리는 완주에 사회적경제가 잘 갖춰져 있다고 했다. 사회적 경제 지도를 보니, 대충 훑어도 많은 협동조합과 마을기업이 있었다. 대표적으로 지역 먹거리를 지역에서 소비하는 완주 로컬푸드 협동조합이 전국 최초로 시작되어 제법 큰 규모로 성장해 있었다. 마을의 이야기를 전하는 미디어 협동조합인 완두콩도 인상적이었다. 마지막에 방문했던 곳은 대안에너지 기술을 보급하고 연구하는 전환기술 사회적협동조합이었다. 그곳 사람들은 무거운 쇠와 나무를 다루는 일이 많다고 했다. 다들 팔뚝이 굵고 체격이 건장했다. 왜소한 나의 몸뚱아리가 두툼한 겨울 외투에 가려져 천만다행이었다.

　　시간이 지나고 여정 중반이 되자 혼자 돌아다닐 시간이 주어졌다. 뚜벅이였던 나는 식사 시간을 제외하곤 삼례읍을 종일 걸어 다녔다. 그러면서 이곳이 나의 귀농 기준 조건 세 가지를 충족하는지 면밀하게 살폈다.

　　버스터미널과 기차역에 갔다. 기차는 편성이 많지 않았다. 게다가 서울까지 3시간 30분이나 걸렸다. 기차 탈락. 버스터미널에 가니, 서울행 버스가 한 시간 간격으로 있었다. 남부터미널까지 소요 시간도 2시간 10분이라고 했다. 첫 번째 조건인 서울과의 접근성에 아주 부합하는 시간표였다. 그런데 이상한 일이었다. 어떻게 이런 촌에서 버스가 한 시간 간격으로 서울로 출발할까? 주변을 살펴보니 학생으로 보이는 청년이 많이 있었다. 7년간 대학 생활을 누린 나는 직감했다.

"이 근처에 대학교가 있다!"

그랬다. 삼례읍에는 우석대학교가 있었다. 알아보니 우석대학교 도서관은 사용료를 조금 내면 읍민도 이용할 수 있었다. 또한 삼례읍에는 지자체에서 운영하는 수영장이 걸어 다닐 수 있는 거리에 있었다. 나의 3대 조건은 전라북도 완주군 삼례읍에서 아무 무리 없이 충족되었다.

벅찬 가슴을 안고 숙소로 돌아오자, 겹경사가 기다리고 있었다. 철길 너머 마을에 사는 한 어머님이 2층에 세 들어 살 사람을 구한다고 하는데, 토리가 나더러 가볼 거냐고 물었다. 당연히 따라 나섰다. 철길을 건너는 육교를 지나자 삼례읍의 부산함과는 다른 한적한 시골 마을이 나왔다. 후정마을이라고 했다. 마을 모퉁이에 파란 기와지붕을 올린 2층 집이 있었다. 2층은 방 세 개, 거실, 화장실에 무려 마당까지 딸린 옥탑이었다. 순간 긴장했다. 이거 얼마를 받으려나. 세를 물었다. 한 달에 15만 원씩 연세로 생각하고 있다고 하셨다.* 돈이 부족했다. 주인 어머니께

~~~~~~~~~

*   시골의 세는 보통 연세라는 지불법을 사용한다. 연세는 보증금 없이 월세를 1년치씩 몰아서 내는 것을 말한다.

내가 청년 거지임을 설명하고 세를 내려달라고 간청했다. 다행히 주인 어머니께서는 자비를 베풀어주셨다. 10만 원씩 6개월 반세를 받겠다고. 어디에도 이만한 조건은 없었다. 그렇게 그날 나는 두 달 뒤 3월에 내려오겠다고 약속했다.

삼례 예스맨의 등장

60리터 가방과 여분의 신발

✳

기다림의 겨울이 지나고, 약속한 3월이 다가오고 있었다. 일단 학교는 마지막 남은 1년을 휴학하기로 했다. 어머니가 내 계획을 완강히 반대하셨기 때문이다. 2학기만 다니면 되는데 왜 관두냐며 이해하지 못했다. 지금까지 어머니가 2학기 정도의 등록금을 내주셨으니 내 졸업장에 어느 정도 지분이 있는 셈이었다. 휴학하고 내려가서 인터넷으로 학기를 마치겠다는 말을 남기고 짐을 꾸렸다.

자본금 100만 원을 인출하고, 등산할 때 사용하던 60리터 가방을 내놨다. 옷이랑 속옷, 양말을 넣고, 비누를 하나 집어

넣었다. 아직은 날이 추우니 조금 두꺼운 외투 하나와 휴대폰 충전기도 넣었다. 여분의 신발도 하나 챙기니 가방은 준비가 끝났다. 뭐 필요하면 또 올라오지, 하는 생각에 짐을 싸는 건 어렵지 않았다.

그런데 무언가 허전했다. 혈혈단신으로 어딘가를 떠나는 것은 군대 이후로 처음이었다. 군대는 끝이라도 있는데, 이번에는 한번 가면 돌아올 때를 기약할 수 없었다. 그곳에 눌러 앉아야 하는데 뭔가 더 필요하지 않을까? 그렇다. 사람이 필요하다. 그곳에는 내가 아는 사람이 하나도 없다. 만약 지금 이 상태로 간다면 당분간은 굉장한 외로움과 싸워야 할 것이 분명했다. 마침 공무원을 준비하려고 한다는 후배가 생각났다.

"공무원 시험 준비에 고시원보다 세 배 좋은 환경을 제공하겠다."

나는 후배에게 방 하나를 줄 테니 30만 원만 들고 오라고 제안했다. 기간은 두 달, 물론 그 뒤로 더 있어도 좋고 그 전에 떠나도 좋으니, 일단 같이 가자고 했다. 한적한 시골에서의 시험 준비라는 명분이 마음에 들었는지 후배는 결국 나의 꼬임에 넘어왔다.

2016년 3월 2일, 남부터미널에서 완주로 가는 버스에 몸을 실었다. 그때 나와 함께한 것은 자본금 100만 원과 60리터 가방과 내게 꾀인 후배였다. 후배의 짐도 가방 하나에 지나지 않았다. 지난 27년을 정리한 짐은 의외로 간단했다. 생각해보면 거창한 구호와 사상으로 가득 찬 인생도 실제론 별것 없다. 어차피 내려가서 안 되면 그때 또 시도하면 된다.

그렇게 농사꾼이라는 허황된 선언을 한 지 10여 년 만에 귀농의 첫 삽을 떴다.

빈자들의 주거 양식

⋇

빈자들은 거주지에 따라 주거의 질이 완전히 달라진다. 회기동 옥탑과 삼례읍 옥탑이 그 대표적인 예다.

서울로 대표되는 도시 주거의 기본 동력은 소비다. 사람이 오밀조밀 모여 살기에 무언가를 스스로 만들기란 쉽지 않다. 내가 서울에 있을 때 주거를 위해 한 일은 오직 돈을 벌어 공간과 삶을 소비를 통해 채우는 짓이었다. 그러니 돈 벌기 이외의 활동은 여가였고, 여가는 다른 이의 노동의 결과물이었다.

그러나 시골은 주거의 기본 요소가 생산이다. 그곳에서는 돈으로 안 되는 것이 많다. 난방, 전기, 도배, 장판 같은 서울에서는 건물주의 몫으로 여겨지는 것이 입주자의 몫인 경우가 많

서울에서 살았던
회기동 옥탑방

다. 게다가 그 정도도 직접 못해서 주인을 부른다는 건 일종의 부끄러움으로 통용되는 분위기였다. 다들 집에 공구창고쯤은 으레 있었다. 동네 철물점에서는 웬만한 부속이나 자재를 쉽게 구할 수 있었다. 오히려 자재보다 기술자를 구하기 어려웠다. 그러니 사람들은 자기 손을 사용해 필요한 것을 직접 만들고 수리해 살았다.

나는 보일러를 직접 고치거나 전기를 손본 경험이 전혀 없었다. 경험이 없다고 누가 도와주지는 않았다. 하나하나 직접 해봐야 했다. 먼저 철물점에서 간단한 공구를 사는 것으로 시골 집 수리 작전을 개시했다.

서울 회기동 옥탑방은 네 평에 20만 원을 내며 둘이 살았다. 그런데 여기에선 방 세 개에 10만 원을 내면 됐다. 10만 원짜리 집이 어찌나 크던지 집을 아무렇게나 펼쳐놓고 누워 손발을 마음껏 휘저어도 주변에 걸리는 것이 없었다. 이제 이 공간을 사람 사는 곳으로 만들면 된다.

먼저 벽부터 다시 바르기로 했다. 도배는 기술과 돈이 많이 드니 페인트를 바르기로 결정한 나는 후배와 함께 읍내 페인트집으로 가 이것저것 귀찮게 물었다. 지금 생각하면 우리의 질문은 너무도 초보적이었다. 사장님은 질문을 듣자마자 우리가 생초보임을 눈치챘을 것이다. 질문 값으로 덤탱이를 쓰고 이것저것을 사 와 벽을 칠했다. 철물점에서도 같은 장면이 펼쳐졌다. 질문과 덤탱이가 이어지며 우리가 살 집을 하나씩 고쳐갔다.

시골에 사는 사람은 적어도 집에 관해서는 못하는 것이 없어야 한다. 못하면서 돈까지 없으면 그야말로 '전인교육'의 현장이 눈앞에 펼쳐진다. 이것도 할 줄 모르고 지금껏 어떻게 살았냐는 질문이 끊임없이 이어졌다. 삼례에 들어온 지 2주가 지나자 내 손은 항상 앞으로 공손히 모아졌고, 머리는 45도 아래를 향해 단아하게 내려갔다. 진짜 삶을 사는 데 필요한 기술은 학교에서 가르쳐주지 않았다. 학교에서 배운 것은 뜬구름 잡는 이론일 뿐 현실이 아니었다. 아무리 플러스 마이너스 전하와 전극을 배워도 두꺼비집을 고칠 수는 없었다.

삼례 예스맨

✳

6개월 치 집세를 내고 나니 40만 원이 남았다. 벌이가 필요했다. 급히 생계를 해결하기 위해 주말마다 서울로 상경해 '생계투쟁'을 벌였다. 다행히 내 알량한 역사 지식으로 아이들과 박물관에 놀러 다니는 주말 아르바이트를 구할 수 있었다. 주말마다 상경하기가 벅찼지만 시급이 제법 센 편이라 포기할 수 없었다. 그러나 그 일로 마련되는 돈은 한 달에 40만 원이 채 못 되었다. 아무리 안 쓰고 산다고 해도 다른 벌이가 필요했다. 그때 씨아트 협동조합이 나에게 획기적인 제안을 했다.

완주군에는 당시 '청년인턴 사업'*이 신설되었다. 협동조합 등 멘토가 지역에 내려온 청년이 공익적인 활동을 할 수 있도록 돕는 사업이었다. 인턴을 하면 한 달에 50만 원의 활동비를 받는다고 했다. 일종의 청년 기본소득과도 같은 것이었다. 물론 도시에서는 50만 원 받아봐야 통신비와 집세를 내고 나면 남는 것이 없지만, 여긴 삼례다! 50만 원이면 무려 다섯 달 치 방세를 낼 수 있었다.

제안을 받았을 땐 '공익적인 것이 무엇일까' 생각할 여유

~~~~~~~~~~

* 현재는 사업 이름이 '청년이음'으로 바뀌었다.

가 없었다. 나에겐 지역을 탐색하고 알아가는 시간이 필요했다. 청년인턴으로 무엇을 할지는 차치하고, 일단 한다고 말했다. 고맙게도 씨아트 문화예술 협동조합은 나의 절박함을 받아주었고, 귀농 첫해에 지역 청년인턴이 되어 부족한 벌이도 채우고 시간도 벌 수 있었다. 휴일 없이 일하기는 했지만 주말 알바와 합치니 그럭저럭 88만 원 세대의 문턱을 지킬 수 있었다.

　　이제 필요한 것은 내가 사는 공간을 알아가는 일이었다. 먼저 마을 어른들의 잡무와 동네 젊은이들의 초대에 모두 응했다. 할머니들의 거름 포대를 날라주고 밥을 얻어먹거나, 할머니들과 함께 평상에 앉아 수다를 떨었다. 나에게 거절 따윈 없었다. 할머니들은 낮에 집 밖 주변을 배회하는 경우가 많았다. 할머니들은 모든 것을 자세히 관찰했고 서로 그 정보를 나눴다. 아무리 시시콜콜하다 해도 말이다. 그래서 마을에 관한 지식은 5G 인터넷 속도로 업데이트되었다. 소식이 빠르게 전파되는 덕분에 오늘 뒷집 할머니의 거름 포대를 나르면, 다음 날은 그 옆집 할머니의 밭을 쇠스랑으로 가는 임무를 하달받을 수 있었다. 할머니들은 건장한 젊은이의 노동력을 돌려 쓰고 나는 할머니들의 정보와 기술을 전수받는 시스템이 갖춰졌다.

　　읍내에서는 젊은이들이 참여하는 모임에 함께하며 삼례에 관해 차츰 알아갔다. 사실 주중의 청년인턴은 마을을 돌아다니며 모든 모임에 참여하는 것이 곧 일이었다. 그렇게 다니며 새롭게 느꼈던 것은, 생각보다 대안교육을 받은 사람이 지역에 많이 있다는 점이었다. 내가 받은 교육이 현실의 삶에서 무용지물이었던 반면, 대안교육은 적어도 삶에 필요한 것이 무엇인지 알려주기는 하는 모양이었다. 대안교육은 받은 이들은 적어도 공구, 농사, 먹거리의 기본을 알고 있었다. 농촌에서 살기에 나보다 적합한 지식을 갖춘 것이다. 그 사람들은 서로 별명을 쓰는 경우가 많았다. 호칭에서 오는 권위를 버린다는 의미였다. 그들의 행동을 모두 이해할 수는 없었지만 많은 부분 공감했다.

할 수 있는 모든 것을 시도하자, 시골 생활의 윤곽이 빠르게 드러났다. 역시 미지의 세계에서는 많이 보고 들어야 한다.

적토마와 떼알농사

붉은 물을 토하는 오토바이

✳

시골을 도시와 비교해보자. 시골은 땅이 넓고 대중교통은 불편하다. 도시에서는 길어도 5분이면 한 대씩 오는 버스가 시골에선 한 시간에 한 대도 많은 셈이었다. 다른 읍에 모임이라도 있는 날이면 버스를 기다리고 갈아타는 등 이동하는 데에만 몇 시간이 걸렸다. 그렇게 오고 가면 해가 졌다. 탈 것이 필요했다. 다행히 먹고 노는 대학 생활 동안 따두었던 내 유일한 자격증, 운전면허는 이곳에서 쓸모가 있었다. 물론 운전은 해본 적이 없었다. 그리고 남은 돈은 40만 원뿐이었다. 이 돈과 경험으로 마련할 수 있는 탈 것에 대해 생각했다. 처음엔 자전거를 생각했다. 그러나 완주군은 서울시보다 조금 크다. 자전거로 편지를 배달하는 우체부는 시골에 존재하지 않는다. 고심 끝에 오토바이를 사기로 했다. 물론 중고로 말이다.

완주에 거처를 마련하고 2주 뒤, 남은 40만 원을 뽑아 들고 읍내로 걸어갔다. 삼례 읍내에는 오토바이 집이 총 세 군데 있었다. 이 가격에 맞는 오토바이가 있지 않을까 희망을 걸었다. 첫 번째 집에 들어갔다.

"오토바이 사려고 하는데요."

"아! 이런 것은 어떠세요?"

내가 젊어서였는지 아저씨는 크고 육중한 최민수 오토바이 같은 것들을 소개했다. 그러나 나에겐 돈이 없다.

"저, 40만 원짜리로."

순간 고개를 돌리며 아저씨는 단칼에 잘라 말했다.

"그런 건 없어."

다음 오토바이 가게에서도 상황은 마찬가지였다. 마지막 남은 오토바이 가게는 우리 집에서 제일 멀고 허름했다. 여기에도 없으면 결국 자전거를 마련해야 한다는 불안감이 엄습했다. 문을 열고 들어가자 아저씨는 그 어떤 사장님보다도 퉁명스럽게 나를 맞았다.

"40만 원짜리 오토바이가 있나요?"

아저씨는 한번 돌아보더니 오토바이 하나를 내왔다. 도시에서 많이 보던 중국집 배달 오토바이였다. 그 이름은 '시티 100'으로 잘 고장 나지 않고 기어 변속이 가능해 제법 먼 거리를 다닐 수 있어 시골에서도 애용한다고 했다.

"이거 타."

아저씨의 무뚝뚝함에도 도무지 기분 나빠할 마음이 들지 않았다. 어차피 오토바이에 대해 아무것도 모르니 시키는 대로 사기로 했다. 뽑아온 현금을 드리며 오토바이 타는 법을 가르쳐달라고 했다. 아저씨는 간단한 말 몇 마디로 교육을 마치고는 가게 안으로 들어갔다. 그렇게 40만 원짜리 오토바이가 내 수중에 들어왔다.

귀하게 얻은 것(?)이라 애정이 깊었다. 난 사물에 이름을 붙여주는 오타쿠는 아니지만 이 오토바이를 보니 절로 그런 마음이 생겨났다. 결국 다음 날 나는 그 녀석을 '적토마'라 이름 붙였다. 녀석의 이름이 적토마가 된 것은 당연히 적토마 같은 힘이 있어서가 아니었다. 그저 나의 염원을 담았다. 조금만 달려도 오토바이는 굉음을 냈다. 이 도로에서 제일 빠른 속도를 자랑하는 듯 엄청난 소리를 냈음에도 속도는 60킬로를 넘지 않았다. 또 비가 오면 붉은 물을 토했다. 언제 멈춰도 이상하지 않을 고철 시티 100에게 '고철'이란 이름을 붙일 수는 없었다. 그저 하루라도 더

비가 오면 붉은 물을 토했고 시속 60킬로를 철대 넘지 않았지만
6개월 동안 혁혁한 공을 세운 '척토마'. 시티100 기종이다.

무사히 타게 해달라는 나의 염원을 담아 하루에 천 리를 달린다
는 '적토마'를 떠올렸다. 내 바람이 효험이 있었는지 녀석은 이후
6개월간 나를 실어 나르고 농기구와 농작물을 수없이 운송하는
혁혁한 공을 세웠다.

완주지리지

❋

　역사에 따르면 지도는 항상 외부인에 의해 작성되었다. 그곳에 예부터 살아온 사람에게는 지도가 필요가 없다. 어디로 가면 무엇이 있는지, 누가 사는지, 토박이는 모든 것을 머릿속에 그리고 있다. 그러나 외부인은 다르다. 바로 집 앞에 주유소나 슈퍼를 두고도 핸드폰을 들고 검색엔진을 돌린다. 외부인이 현지인이 되는 과정은 지도를 작성하고, 그곳의 문화와 사람과 지리를 익히는 데에서 출발한다. 지도는 예로부터 세계 확장의 가장 손쉽고 기본적인 방법이다.

　　나는 완주에 처음 발을 들인 외부인으로 하루빨리 이곳에 정착하고자 했다. 그러려면 지도를 구해 그곳의 지리를 익히는 일이 먼저였다. 그런데 쉽게 구할 수 있는 지도는 정착하려는 사람을 위한 지리지가 아니었다. 흔한 관광지도는 어디에 가서 보고 즐길 수 있는지 압축해놓은 것에 불과했다. 도로와 마을을 축척에 맞게 정밀하게 인쇄한 행정지도는 말 그대로 행정을 편하게 하기 위한 지도일 뿐이었다. 어차피 내가 보는 만큼이 내 세상의 전부이다. 그래서 매일 내가 익히는 것들로 나의 '완주지리지'를 작성하기로 했다. 지리지는 완주 이주와 동시에 작성하기 시작했다.

지리지를 작성하기 위해 축척이 정확한 지도다운 지도를 찾아 나섰다. 청년인턴 서류를 내기 위해 군청에 방문했을 때 '보물'을 손에 넣을 수 있었다. 행정지도를 집에 가져와 내가 주로 돌아다니는 장소와 도로를 표시해 머리맡에 붙여놓고는, 틈이 날 때면 지도를 보고 지리를 익혔다. 매일 새로운 장소와 모임에 가는 경우가 많아 지도는 금세 온갖 정보를 적은 낙서장이 되었다. 낙서가 많아지자 지도가 한눈에 들어오지 않았다. 주요 일터와 관심사를 표시한, 배움이 가능한 지역을 깔끔하게 정리한 지도가 필요했다.

한지를 펴고 낙서를 많이 한 지도를 뒤에 받쳤다. 그리고 가본 읍면만 따로 그렸다. 주요 도로와 일터를 표시하고 나자 제법 그럴싸한 지도가 그려졌다. 지리지는 6개월 정도의 시간을 담아놓은 기록이었다. 많은 정보와 지리가 담길 거라 생각했지만 실제로는 그렇지 않았다. 사람은 익숙한 것을 좋아한다. 매번 가던 곳을 방문하고 그곳에서 시간을 보낸다. 6개월이 지난 뒤 작성된 완주지리지에는 완주군 열세 읍면 가운데 오직 세 읍면만 표시되었고, 자주 가는 거점도 다섯 곳을 넘지 않았다. 그럼에도 이 지도는 후일 너멍굴을 이주지로 결정하는 데 아주 큰 도움을 주었다.

최초의 농사 그룹, 떼알

✳

완주로 오기 전, 서울시 청년허브에서 만났던 다솜을 삼
례에서 다시 보았다. 실제로 내려와서 만나니 할 이야기가 더 많
았다. 아마 귀농귀촌 강연을 통해 실제로 내려오는 사람이 극소
수여서 그런지 다솜도 흥미를 보였다.

다솜은 농사에 관심이 있어 나보다 3년 전 완주로 내려
왔다고 했다. 그 당시 완주에는 퍼머컬쳐* 대학이 전국 최초로
만들어지고 교육생을 모집했는데, 관심이 있던 다솜은 이를 계
기로 완주에 정착했다고 했다. 다솜도 대학을 졸업한 후 지역에
있는 여러 농사 모임에 참석하고 있었다. 그녀는 귀농을 꿈꾸고
있다는 점에서 나와 같았으나, 훨씬 더 많은 준비와 교육을 받은
나의 대선배였다.

대선배 다솜을 따라 농사에 조금씩 발을 들여보기로 했
다. 먼저 밭을 얻어야 했다. 대선배는 '벼농사모임'이라고 하는
친환경 벼농사 두레에 참석하고 있었다. 당시 마침 농한기 강좌

~~~~~~~~~

* permaculture: 호주 빌 모리슨 교수가 약 30여 년간 이론과 실천으로
연구 개발했던 영속적인 농업 개념으로 지속농업과 유사하다(《농업용어
사전》, 농촌진흥청).

가 열린 참이었다. 강연을 듣고 고산면에 거주하는 토종 벼 재배 농민께 약간의 경작지를 빌릴 수 있는지 물었다. 그는 흔쾌히 땅을 찾아주었고, 바로 다음 날 우리는 논 900여 평과 밭 700평을 빌릴 수 있었다. 넓은 땅에서 어떤 농사를 지어야 하는지, 임대료를 내기 위해 얼마를 벌어야 하는지를 정하지도 않고, 우리는 덥석 큰 땅을 얻어버린 것이다.

마침 다솜과 더불어 농사에 관심이 있다는 사람이 또 등장한다. 한승이라는 형인데, 그는 삼례에서 커피 로스팅을 준비하고 있었다. 거기에 더불어 농사에도 관심이 많다며 자신도 같이하고 싶다고 했다. 다솜과 나는 덜컥 얻은 땅이 조금 부담스러웠던 터라 새 일손의 등장이 반가웠다.

옛말에 사람 셋이 입을 열면 호랑이도 만들 수 있다고 했다. 사람 세 명이 모이자 아직 아무것도 안 했는데도 무언가 체계적으로 보였다. 우리는 모임의 이름을 정하기로 했다. 당시에 나를 빼고는 모두 농사를 조금이라도 경험한 터였다. 그들은 모두 땅이 중요하다고 말했다. 그래서 땅에 대해 찾아보니, 떼알 구조*

~~~~~~~~~~

* 《토양용어사전》에는 땅을 떼알 구조와 홑알 구조로 구분한다. 홑알 구조는 땅속 입자가 개별적으로 분리되어 연결이 안 된 상태를 말한다. 그 반대로 서로 잘 뭉쳐 입단 구조를 형성한 것을 떼알 구조라고 한다. 떼알 구조는 홑알 구조보다 농업 생산성이 높다.

를 가진 땅이 가장 좋은 땅이라는 글귀가 나왔다. 땅을 중시하는 사람들의 농사 모임 이름으로 이보다 잘 맞는 것은 없었다. 우리는 모임의 이름을 '떼알'이라 정하고, 빌린 밭과 논을 '떼알농장'이라 이름 붙였다.

실패하면 다시 또 하면 그만이다. 아무것도 정하거나 배우지 않고 떼알농장을 얻은 것은 농사 측면에서 보자면 실패로 가는 예견된 수순이었다. 그러나 처음부터 다 잘되면 인생은 지루함의 연속일 것이다. 농사의 예견된 실패와는 별개로 젊은 농사 동지를 얻었다는 생각에 기뻤다. 농민은 대부분 어른이 많아 함께 있으면 고개를 숙이고 다니기 일쑤다. 그런데 또래 친구를 만나 함께할 수 있다는 사실만으로도 최초의 농사 모임 떼알은 즐겁고 고마운 일이었다.

무자본 농법의 출발

첫길텃밭을 얻다

✦

행운은 농사 동지를 만나 떼알농장을 마련한 것에서 멈추지 않았다. 역시 인사는 만사의 출발이었다. 적토마를 타고 가다 동네 어르신을 보면 일단 멈춰 인사를 했다. 인사의 효험은 할머니들에게 즉각적으로 나타났다.

"누구여?"

이 질문을 시작으로 너는 어느 집에 살고 있으며, 뉘 집의 자식인지, 어떤 목적으로 어르신들만 있는 마을에 오는지, 혹 도시에서 실패한 낙향자는 아닌지 다각도의 심층 면접이 도로에서 바로 진행된다. 농활 경험에 따르면, 이런 경우 경계심을 표현하거나 개인 정보 보호를 하려는 행위는 어리석은 짓이다. 도시 습성을 버리고, 명절 친척들의 질문에 대답하듯 유려하게 넘어가야 한다.

"서울에서 학교 다니다 농사지으러 내려왔습니다."

할머니 한 분에게만 모든 것을 말하면 된다. 그럼 일주일 이내에 경로당 네트워크를 통해 모든 어르신이 나의 정보를 공유한다. 그 뒤로는 내가 무언가를 말하지 않아도 다 알고 있다는 눈빛과 미소를 내보이신다. 그렇게 만나는 어르신마다 인사를 한 지 한 달쯤 지났을 때였다. 인사하고 지나가는 나의 앞을 뒷집 할머니가 막았다.

"학생, 저기 철길 옆에 내 텃밭이 노는데 해볼텨?"

삼례역으로 가는 철길 옆에는 작은 텃밭이 늘어서 있었다. 텃밭 하나가 100여 평 되는데 거의 모든 마을 할머니는 자기 집에서 가장 가까운 철길 옆 텃밭을 경작했다. 뒷집 할머니는 철길텃밭이 두 곳나 있다고 했다. 그런데 허리가 안 좋아 집에서 150미터 정도 떨어진 텃밭을 포기하려 하신단다. 지금에 생각해 보면 철길텃밭은 씨 뿌린 사람이 임자인 듯하다. 어쨌거나 할머니는 생색을 내며 철길텃밭 한 곳을 내어주셨고, 귀농 한 달 만에 나는 밭까지 무상으로 임대받았다.

농사는 자본력 싸움이다

✳

공동 농장인 떼알농장과 개별적으로 얻은 철길텃밭을 경작하면서 내 빈약한 밑천이 금세 드러났다. 처음 철길텃밭에는 감자와 완두콩을 심었다. 완두콩 씨앗은 주인집 어머니의 냉장고에서 나왔다. 감자 씨앗은 할머니들에게 물어보고 근처 농약사에서 한 관(4킬로그램)을 7000원에 사왔다. 감자를 갈라 심고 기분 좋게 돌아오는데 할머니들이 거름을 사다 뿌려야 한다고 난리다. 아, 거름을 뿌려야 자라는구나. 하긴 투입하지 않으면 얻지 못하는 것이 당연하지. 거름을 사러 나가려는데 가는 김에 비료도 사 오라고 하신다.

거름과 비료는 뭐가 다르지? 일단 농약사로 갔다. 농약사는 거름은 밥이고, 비료는 화학약품으로 만든 영양제라고 했다. 뭐, 사람도 밥 먹고 비타민 알약도 먹으니까 그런가보다 했다. 그런데 사장님은 감자 뿌리에 붙는 바이러스를 없애려면 농약도 사야 한다고 했다. 뿌리지 않으면 감자를 먹지 못한다고 으름장을 놓았다.

뭔가 이상하단 생각이 들어 일단 집으로 돌아왔다. 옆집 할머니가 마침 철길텃밭에 나와 있었다.

"비료랑 농약이랑 안 주면 감자는 못 먹나요?"

할머니가 말씀했다.

"혼자 먹는 건 괜찮아."

그러곤 할머니는 집에서 이미 싹이 다 나온 골프공만 한 감자들을 꺼내왔다. 지난해에 심어서 거둔 것이라 했다. 이걸 심으면 또 감자가 나온다고 자신 있게 말씀하셨다. 할머니의 거침 없는 주장에 안심한 나는 일단 철길텃밭에는 비료와 농약을 주지 않기로 했다.

그런데 떼알농장은 상황이 더 암울했다. 농장의 크기부터 남달랐다. 논 900여 평과 밭 700여 평. 그야말로 우리에겐 거대한 면적이었다. 다행히 떼알 구성원들은 유기농법에 관심을 두고 있어서 비료나 농약은 사지 않겠다고 했다. 그러나 마을 어른들 말씀에 따르면 큰 면적을 경작하려면 경운은 꼭 해야 한다. 트랙터를 불러 밭을 가는 데 한 마지기(200평)에 6만 원이란다. 거기에 종자값과 땅 임대료를 더하면 족히 100만 원을 훌쩍 넘었다. 뿌리고 거두면 되는 줄 알았던 치기 어린 생각은 봄 농사를 시작하기도 전에 박살났다.

종자 심고, 약 치고, 거름에 비료, 농기계까지 모두 돈이었다. 생각해보니 열이 났다. 농사가 돈 안 되는 거 세상에 모르는 사람이 없는데 그 알량한 소득으로 종자 회사, 비료 회사, 퇴비 회사와 농기계 회사에 떼어주고 나면, 농사꾼에게 남는 것이

없다. 기계처럼 일하지 않으려고, 남에게 머리 조아리지 않으려
고 농촌에 왔다. 그런데 하라는 대로 농사지으면 도시에 사는 것
과 별반 다를 게 없었다. 뭔가 특단의 대책이 필요했다.

토종 씨앗과 자연 농법

　※

　많이 보고 들어야 답이 나오는 법이다. 떼알 동지들이 다
니는 모임과 행사에 모조리 따라가 보기로 했다. 다솜과 한승 모
두 '토종씨앗모임'이라는 소모임에 나가고 있었다. 거기에서는
우리 종자를 직접 채종해 지키는 것이 중요하다고 했다. 이미 몬
산토*나 카길** 같은 거대 종자 회사가 종자를 개량했으며, 사서
심은 것이 아니면 작물이 자라지 못하도록 유전자 개량 씨앗이
유통되고 있었다.

~~~~~~~~~~

*　　유전자변형작물(GMO)을 연구 개발하는 다국적 농업 기업. 세계 종
자 시장의 27퍼센트를 차지하는 세계 최대 종자 회사로 알려져 있다.

**　　1865년에 설립됐고 세계 곡물 시장의 75퍼센트를 점유한다. 세계
최대의 사료 회사 또한 카길의 소유이다. 언론 보도를 찾아보니, 카길의
2005년 수입은 그해 스타벅스 수입의 10배에 달했다고 한다.

그래서 할머니들이 씨앗을 사다 심어야 잘된다고 하는 거구나. 동네 텃밭의 사정이 이러할진대, 거대 농장의 종자 자급은 꿈도 꾸지 못할 일이었다. 같이 따라다니며 보니 토종씨앗모임은 완주에만 있는 게 아니었다. '토종씨드림'이라는 전국 조직이 있었고, 매년 '토종씨앗박람회'를 개최해 우리 씨앗을 알리고 보급하고 있었다. 토종 씨앗은 오랫동안 고정되어 있어 다음 해에 심어도 생산량과 특징이 같다고 했다. 물론 종묘상 씨앗보다 생산량이 떨어지지만 매년 씨앗값이 들지 않으니 자본이 부족한 나로서는 구미가 당기는 일이었다.

완주에 또 다른 모임이 있었으니, 바로 '벼농사모임'이다. 이 모임은 제법 덩치가 있었다. 귀농 귀촌한 사람들이 벼농사에 입문하는 일종의 통로 같은 곳이다. 이곳에서 시행되는 벼농사 농법은 '무(無)투입 농법'과 '우렁이 농법'이다. '무투입 농법'은 퇴비와 비료를 투입하지 않는 농법이라고 했다. 벼농사는 물을 대기 때문에 (물 속에) 영양이 충분하니 퇴비와 비료 추가 투입이 필요 없다는 주장이다. 제법 솔깃했다. '우렁이 농법'은 물에 모내기를 하고 우렁이를 풀어놓는 방법이다. 우렁이가 논에 올라오는 풀을 모조리 뜯어 먹어 풀을 맬 필요가 없고, 가을걷이 때가 되면 쌀과 우렁을 함께 맛보는, 그야말로 친환경 농업의 새 지평을 여는 농법이었다.

주변에 귀동냥하며 들어보니, 이 농사법이라는 것이 몇 가지 나열하고 그칠 성격이 아니었다. 유기농이라고 다 같은 유기농이 아니요, 화학 농법이라고 천편일률적인 방법이 적용되지도 않았다. 배우면 배울수록 끝이 없는 영역으로 빨려 들어갔다. 시간이 지날수록 머리가 무거워지고 길을 잃어갔다.

그러던 중 토종씨앗모임에서 〈자연농〉이라고 하는 다큐멘터리의 상영회가 열렸다. '자연 농법'은 현존하는 농법 중 생태주의의 끝판왕이라 불릴 만했다. 비료와 거름을 주지 않는 것은 물론이고, 땅을 경운하지도 않았고 풀을 매주지도 않았다. 초기엔 생산량이 줄어들지만 시간이 지나면 땅이 살아나 점차 회복된다고 했다. 정말 땅을 갈지 않아도 된다면, 풀을 매주지 않아도 된다면, 지금 가지고 있는 몇 가지 농기구만으로도 농사를 지을 수 있었다. 무엇보다 무경운은 자본 부족에 시달리던 떼알농장과 철길텃밭에 새로운 가능성을 열어주었다. 바야흐로 무자본 농법의 여명이 떠오르고 있었다.

무자본 농법의 출발

✳

농민이 열 명 있다면 농법도 열 가지가 있다고 했다. 그

만큼 다양한 농법이 있고, 심지어 같은 농법도 농사꾼마다 땅마다 다르게 적용되었다. 자연이 출제한 문제에 정답은 없었다. 모로 가도 풍년을 내면 그만이었다. 고로 나도 내 땅과 현실에 맞는 농법을 만들면 된다 생각했다. 무엇보다 농사를 짓겠다고 호기롭게 나섰음에도 자본 한 푼 가져오지 않은 건방진 농사꾼이 선택할 농법은 그저 최대한 아끼고 덜 쓰며 안 나누는 이기적 농법밖에 없었다. 여기서 환경, 지구, 자연을 생각하는 위대한 사람들의 농법과는 다르게, 출발이 조금 '후루꾸루'한 나의 무자본 농법이 탄생했다.

무자본 농법의 핵심은 오롯이 농사꾼 자신만을 위한 이기심이다. 농사를 지어 생산이 덜 나오더라도 상관없다. 농사짓는 자신의 몸에 해로우면 안 되고, 없는 자본을 거대 자본과 나누지 않는다. 조금 덜 생산하더라도 내가 모든 것을 가져간다. 이 원칙하에 무자본 농법 시행지침을 마련했다.

첫째, 농약과 비료를 사용하지 않는다. 이런 것을 사서 쓰면 당장 작물의 크기는 조금 커지고 벌레는 덜 먹을지 몰라도, 생산비가 올라가고 농사꾼 자신의 건강에 해롭다.

대학생 시절 농활 가서 사과밭 지원을 나간 적이 있다. 약을 치려고 하니 멀리서 줄만 잡아달라고 했다. 몇 톤은 되는 듯한 물탱크에 물을 채우고 500밀리리터 생수 한 병 정도의 약을 부었다. 뭐 그냥 물이네, 하며 대수롭지 않게 여겼다. 멀리서 줄만 잡았던 그날 지원을 마치자 하루 종일 속이 메스껍고 어지러웠다. 아, 이래서 농약 마시고 죽는 거구나. 역시 사람은 백 번 들어봐야 한 번 당해보는 것만 못하다. 체험을 통해 농약과 비료의 해로움을 알고 있었으니, 무자본 농법에는 돈 들고 농민 수명을 갉아먹는 농약과 비료를 사용하지 않기로 했다.

둘째, 가급적 채종한 씨앗을 사용해 종자 회사의 손아귀에서 벗어나기로 했다. 씨앗은 사서 쓰면 참 편하다. 심지어 값도 제법 싼 듯 느껴진다. 그런데 한 번 두 번 사다 보면 어느새 값은 오르고, 씨앗에 맞는 비료와 농약을 주지 않으면 재배가 어려워진다. 결국 가랑비에 옷이 젖듯 농부는 조금씩 종자 회사의 씨앗을 실험하는 충실한 계약직이 되어간다.

토종 씨앗을 지키는 사람들을 보며 토종이 거창한 것이 아님을 알았다. 그저 내가 채종해 대를 잇고, 그것이 반복되어 유전형이 고정되면 토종 종자가 되는 것이다.

셋째, 땅을 갈지 않고 농사짓는다. 트랙터는 순식간에 농장을 경작하지만 내가 만들 수 없다. 내가 스스로 만들고 수리할 수 없으면 무조건 사서 써야 한다. 농기계를 쓰는 순간 비용과 수익의 구렁텅이에 빠져드는 것이다.

차라리 몸을 축내고 말자. 처음에는 삽질로 땅을 엎었다.

떼알농장에서 봄 경운을
삽으로 해보려던 모습

그런데 보통 일이 아니었다. 이대로라면 땅 갈다가 가을이 올 것
이다. 결국 농기계 사용을 줄인다는 것은 땅을 갈지 않는 무경운
농법의 시작을 의미했다.

초심자의 흉작

준비되지 않은 몸뚱아리

✳

체력만은 자신 있었다. 할 일 없이 빈둥대며 놀던 군대에서 마라톤을 연습했다. 제대 후에는 마라톤 풀코스를 완주했다. 막걸리가 좋아 나서긴 했지만 등산도 제법 많이 다녔다. 거기에 귀농 2년 전에는 수영까지 배워 수상인명구조 자격증까지 땄다. 이 정도면 농사도 문제없다 자신할 정도로 체력을 만들어놓은 터였다. 그러나 농사를 짓자 다 필요 없었다.

농사에서 요구하는 체력은 '극한의 상황에서 얼마나 몸을 잘 활용할 수 있는가'의 문제다. 농사는 운동처럼 자신의 신체적인 한계를 늘려주는 활동이 아니다. 농사를 지으면 지을수록 몸에서는 진이 빠졌다. 농 작업은 대부분 머리에 피가 쏠리는 자세가 많다. 고개를 푹 숙이고 손으로 흙을 매만지는 작업은 일종의 고통 버티기에 가깝다. 거기에 더위라도 찾아오면 몸은 극한으로 내몰린다. 태양은 등부터 시작해 온몸을 차근차근 익혀간다. 더위를 조금이라도 식히기 위해 긴 소매 셔츠라도 벗는 날이면 재앙이 닥친다. 맨살이 드러나면 그곳은 풀에 쓸리고 벌레에 물려 아주 못쓰게 되어버린다. 더운 날 긴 소매 옷을 잔뜩 입고 머리에 피 쏠리는 자세로 몇 시간을 서서 일하다 보면, 이골이 나지 않고 버텨낼 재간이 없다. 그래서 어른들이 농사용 체력은 따로 있다고 누차 말했다.

급기야 논에서 일이 터졌다. 논은 기본적으로 물이 많아 온갖 생물의 낙원이 된다. 논에서 일한 손으로 몸을 긁으면 어떤 사람은 몸에 두드러기가 올라온다. 내가 바로 그렇다. 모내기하던 날 별 생각 없이 목 뒤를 긁었는데 붉은 반점이 솟았다. 한번 두드러기 반응이 나타나니 사소한 자극에도 피부는 뒤집어졌다. 더군다나 유기농을 하는 논밭은 그야말로 벌레들의 경연장 같았다. 농사 첫해에만 평생 물린 벌레보다 더 많은 벌레에 내 살을 내어 주었다. 당연히 피부는 난리가 났다. 참다 참다 긁었다. 그러자 두드러기는 알레르기성 피부염으로 발전했다. 이것이 재앙이구나. 몸이 아프니 당해낼 도리가 없었다.

무자본 농법의 가장 중요한 전제 조건은 바로 강인한 육체다. 그런데 귀농 첫해, 나의 몸뚱아리는 아직 농사에 적응하는 중이었다. 두드러기와 벌레만으로도 간지러움이 날로 심해졌다. 그러던 어느 날 엉덩이에 심상치 않은 신호가 찾아왔다. 담이 온 것이다. 난 이때 담이라는 것을 생전 처음 겪어보았다. 담이 오면 쥐가 난 것 같은 아픔이 움직여도 움직이지 않아도 지속된다. 처음에는 뼈가 틀어졌나 하다가 나중에는 제발 잠시만 안 아프게 해달라고 빌게 되는 것이 담이다. 그런데 담이 엉덩이로 찾아왔다. 3일을 고통에 시달렸다. 극심한 고통을 한차례 겪고 나니 몸에 무리가 가는 일을 조금이라도 할라치면 덜컥 겁부터 났다. 당연히 농 작업에 소홀해졌고, 건강 회복을 이유로 집에서 쉬는 날이 많아졌다.

작은 행운과 큰 흉작

✷

몸을 잘 쓰지 못하고 게으름이 느니, 밭에서는 작물보다 풀이 더 잘 자랐다. 막상 더위가 시작되자 적토마를 타고 20여 분을 달려간 밭에서 호미를 들기도 전에 지쳐버렸다. 호미질 몇 번이면 벌써 옷은 흥건히 젖어들었다. 현기증이 난다는 둥, 저녁에 다시 오자는 둥, 온갖 변명을 늘어놓으며 새참으로 준비한 막걸리를 마시고 집으로 돌아오는 날이 점점 늘었다.

떼알농장에서 1년 동안 유일하게 남들처럼 수확한 작물은 흑임자라는 검은깨 하나가 전부였다. 이 흑임자로 말할 것 같으면 직파*를 하는 참깨의 통상적인 농법을 과감히 버리고 밭 한 켠에 모종을 내어 비 오는 날 일일이 쪼그려 앉아 옮겨심기한 놈들이다. 역시 사람이나 작물이나 어릴 적에 고생을 좀 해야 강인해진다. 심을 때 고생을 많이 한 녀석들은 더위에도 무럭무럭 자랐고, 퇴비와 비료를 듬뿍 먹은 다른 집 참깨와 어깨를 견주어도 손색없을 정도였다. 한 줌의 흑임자를 얻어다 밭에 내었는데 돌아올 때는 떼알 동지들과 나누기에 부족함 없는 참깨가 되어 돌아왔다. 작물이 잘되니 적토마로 몇 번을 날라야 하는데도 기분이 좋았다. 나도 할 수 있다는 희망과 자부심이 온 마음에 들끓었다. 그러나 초심자의 행운은 거기까지였다.

나락 농사의 출발은 모내기였다. 떼알농장은 손 모내기로 절반, 이앙기를 빌려서 절반을 심었다. 첫해에 우리가 빌린 건 골짜기에 위치한 계단식 논이었는데, 물을 아래쪽 저수지에서 양수기로 퍼 올려 가두었다. 그런데 그해 떼알 논이 있던 골짜기

---

* 밭에 모종을 심지 않고 씨를 직접 뿌려 키우는 농법.

가 저수지까지 말라버리는 초유의 가뭄이 닥쳤다. 떼알 논을 살리기 위해 온갖 방법을 동원했지만 결국 비가 넉넉히 내릴 때까지 하늘을 바라볼 수밖에 없었다.

물이 부족하자 논에 있는 벼 사이로 풀이 올라와 나락이 잡초에 치였다. 논에 일단 풀이 올라오면 방법은 두 가지뿐이다. 손으로 직접 잡아 뽑거나 제초제를 뿌리거나. 우리는 약은 안 친다는 생각을 가졌기에 직접 논에 들어가 풀을 뽑기로 했다. 한 이틀 풀을 매다 우리는 논둑으로 올라왔다. 그러고는 다시 논으로 들어가지 못했다. 결국 제 3의 길, 아무것도 하지 않고 바라보기를 택한 것이다.

오랜 가뭄으로 나락에는 병까지 돌았다. 그러니 나락 농사가 망할 것은 당연했다. 나락을 거두니 20킬로그램 쌀 포대 기준으로 열 포대 남짓한 쌀이 나왔다. 벼농사를 가르쳐준 동네 농민들은 우리 수확량을 듣고는 '골짜기 벼농사 이래 최대의 흉작'이라 평했다.

철길텃밭은 감자만 잘되고 나머진 모조리 풀에 죽었다. 그도 그럴 것이 더위가 시작되자 집 앞 텃밭과 그곳에서 20분 떨어진 떼알농장을 둘 다 관리하는 게 불가능했다. 결국 공동으로 경작하는 떼알농장에 모든 역량을 집중했다. 철길텃밭은 감자를 거둔 6월 이후 방치되었다. 호기롭게 덤벼든 떼알농장은 연이은 흉작과 나약해진 내 몸뚱아리로 인해 최대의 흉년을 맞았다. 조직은 역시 일이 잘되어야 뭉친다. 농사가 잘되지 않으니 함께 농사짓는 동력을 잃어갔다. 결국 농사 첫해에 내 생애 최초의 농사그룹 떼알은 와해되고 말았다.

어른들은 처음 농사짓는 사람에게 꾸준히 농사지으라고 하늘이 3년의 풍년을 준다고 했다. 그런데 난 아니었다. 미리 말하자면 난 첫해 흉작을 시작으로 내리 3년 동안 흉작과 실패를 맛보았다. 물론 어른들이 시키는 대로 안 하고 책에서 본대로 농사지으니 안 되는 것이 당연했지만 말이다. 어쨌든 첫해의 흉작은 당시 나의 자신감을 한없이 끌어내렸다. 농사로 이런저런 돈을 썼는데 결실이 없으니 호주머니도 바닥을 보였다.

'만 원의 행복' 할머니와
'그럴 줄 알았다' 할머니

✳

나의 흉작을 바라보며 마을 할머니들은 두 이론을 내놓았다. 그분들은 모일 때마다 나의 철길텃밭을 두고 격론을 벌인 모양이었다. 여름이 오자 할머니들은 돌아가며 내 텃밭을 방문했다. 아마 할머니들이 대표로 한 분씩 파견한 것으로 짐작되었다. 할머니들은 내 행동과 말을 유심히 듣고 돌아갔다. 한여름이 왔을 때 내가 철길텃밭을 포기하자 옆집 할머니와 뒷집 할머니를 중심으로 두 개의 학파가 형성되었다. '만 원의 행복' 학파와 '그럴 줄 알았다' 학파였다.

'그럴 줄 알았다' 학파는 나의 농사는 망하게 될 수밖에 없었다는 종말론적 사고에 기반을 두었다. 사실 거의 모든 할머니들의 공통된 의견이었다. 그중에서도 나에게 철길텃밭을 내어주신 뒷집 할머니의 반응이 가장 격렬했다. 할머니는 만나면 먼저 고개부터 가로저으며 말씀하셨다.

"농사는 그렇게 짓는 것이 아니여."

이 한마디는 그 뒤에 나오는 모든 문장과 긴밀하게 연결되어 있었다. '아침에 일찍 나와야 하고, 퇴비를 많이 뿌려야 하며, 풀을 죽이고, 비료를 때마다 넣어야 한다'로 이어지는 모든 말씀마다 항상 고개를 저으며 '농사는 그렇게 짓는 것이 아니여'라는 문장으로 끝을 맺었다.

이 학파의 의견은 꽤나 많은 사람이 나에게 전해주었는데 듣고 있으면 농사가 잘못되었다기보다 나의 게으름과 비료 치지 않은 것을 원인으로 지목하는 경우가 많았다. 결국 철길텃밭을 돌려드리며 풀씨를 받았다고 욕을 한 바가지 먹는 것으로 나의 텃밭농사는 막을 내렸다.

철길텃밭의 흉작은 할머니들을 '만 원의 행복' 학파와 '그럴 줄 알았다' 학파로 양분했다.

반면 '만 원의 행복' 학파는 옆집 할머니가 이론의 선봉에 섰다. 옆집 할머니는 나에게 씨감자를 나눠주신 분으로 여유가 넘쳤다. 낮에는 항상 도로 평상에 나와 부채를 부치며 지나가는 사람을 관찰했다. 내가 매번 옛날 농사법을 물어도 귀찮아하는 법이 없었다. 할머니는 항상 큰 목소리로 열심히 하라는 격려를 마지막 인사로 남기셨다.

나의 철길텃밭이 망조를 보이자 어느 날 할머니는 지나가는 나를 불러 세웠다. 지난날 내가 퇴비를 날라줘 고맙다며 용돈을 하라고 만 원을 쥐어주셨다. 그러시곤 농사는 망하면 또 지으면 된다고 하셨다. 그 한마디에 다시 용기를 얻었다. 사실 '만 원의 행복' 학파는 옆집 할머니와 그 친구 몇 명밖에 없었다. 그들은 수적으로는 열세였지만 아주 적극적으로 나의 농사를 지지했고 응원했다.

2장

너멍굴 입성기

비록 나는 고향이 없어 비루하게 유년을 보냈지만 다시금 나의 가문을 일으키고 싶었다. 나는 그 길을 너멍굴에서 보았고 이주를 결심했다. 모두의 삶은 처절하고, 고생은 누구나 하니, 아무도 없는 산골로 이주하는 고생쯤이야 아무것도 아니었다.

어른이 하지 말라는 것만 하면 성공한다

목구멍이 포도청

✳

농사를 짓는다고 단숨에 소득이 나오지는 않는다. 씨앗을 심고 잘 길러 거둘 때까지 적어도 세 달의 기다림이 필요했다. 그러나 목구멍은 기다려주지 않는다. 끊임없이 무언가 먹어야 했다. 거기에 나약한 육신은 추우면 춥다고 난리, 더우면 덥다고 난리였다. 직접 생산해서 먹을 것, 추위, 더위를 해결할 기술이 없으니 결국은 '돈'을 벌어 교환하는 수밖에 없었다. 농사지으러 내려와 그렇게 본격적으로 돈벌이에 나서게 된다.

처음 벌이는 서울에서 하는 알바와 병행했다. 서울 알바로 40만 원, 완주 청년인턴으로 50만 원을 벌었다. 그런데 완주 청년인턴은 뚜렷한 일이 있다기보다 지역에 도움이 되는 프로젝트를 (뭐라도) 진행하는 것이었다. 일이라고 할 때 뒤따르는 노동과 그에 대한 대가라는 공식이 청년인턴에는 적용되지 않았다.

　　청년인턴이 무엇을 해야 도움이 될까? 고민을 해보았지만 쉽사리 답이 나오지 않았다. 역사를 전공했으니 하다못해 지역의 역사를 발굴하고 알리는 활동을 하면 되겠다 싶었지만 농사를 지으며 그 정도로 다른 일을 병행한다는 것은 시간과 체력 모두 허락하질 않았다. 청년인턴 멘토를 맡아준 토리는 농사 때문에 프로젝트를 하는 것이 부담이라면 씨아트 인터넷 블로그에 귀농일기를 써보면 어떠냐고 제안했다. 그렇게만 된다면 농사가 곧 청년인턴 프로젝트가 되니 부담이 훨씬 줄 수 있었다. 결국 매주 한 번 씨아트 블로그에 귀농일기를 쓰는 것으로 나의 청년인턴 업무가 정해졌다. 무자본으로 농사지으며 버틸 수 있었던 것은 이러한 약간의 소득이 보장되었기 때문이다.

　　귀농일기를 쓰다 보니 자연스레 다른 협동조합들에도 농사지으며 '뻘짓'을 감행하는 나의 기행이 알려졌다. 6개월 정도 지나자 다들 만나면 '잘 살고 있냐'며 걱정과 궁금함이 담긴 안부를 물어왔다. 그중 미디어 공동체인 완두콩은 나에게 군청 블로그를 관리하는 일을 제안했다. 업무는 집에서 컴퓨터로 하고 일주일에 한두 번 사무실로 나와 일을 보면 된다고 했다. 결정적으로 월급을 무려 100만 원이나 준다는 말에 나는 넘어갔다. 서울 일은 관두고 인턴과 블로그 관리를 주 벌이로 삼았다.

자본금도 부족했고 농사 역시 당장 소득을 내지 못했지만 완주에서 처음 몇 해를 견딜 수 있었던 것은 이러한 여분의 벌이 덕분이었다. 물론 다른 아르바이트를 해서 돈을 벌 수도 있었다. 그러나 완주는 사회적경제 시장이 타 지자체에 비해 잘 정비되어 있었고, 이 덕분에 귀농 초기의 안정된 벌이와 정착이 보다 수월했다. 그저 운이 좋았던 것만은 아니다. 완주군이 무일푼의 청년에게 이러한 정책 지원을 아낌없이 해줄 수 있던 것은 나보다 먼저 이곳에 살던 이들의 노력 덕이었다.

나의 라보 원정기

✳

흑임자 수확으로 적토마의 한계가 명확하게 드러났다. 농기구나 사람을 실어 나를 때에는 괜찮았지만, 막상 생산된 농산물을 나르려고 하니 적토마의 적재 공간이 너무 부족했다. 농사를 지으려면 더 넓은 적재 공간을 가진 운송 수단이 필요했다. 더구나 9월이 되자 날씨는 아침저녁으로 제법 쌀쌀해졌다. 적토마로는 몇 달 못 가 추위에 벌벌 떨게 될 것이 자명했다.

시골에서는 탈 것이 있어야 하고, 농민이라면 역시 트럭이다. 마침 완주군 블로그를 관리하게 되면서 추가 벌이가 생긴 터라 돈이 금세 모였다. 내려와서 6개월간 생활하며 저축한 돈을 모두 모으니 300만 원 정도 되었다. 망설일 것 없이 트럭을 장만하기로 했다.

300만 원으로 트럭을 산다고 하자 다들 말렸다. 조금만 더 모아서 번듯한 1톤 트럭을 장만하라고들 했다. 어떤 이는 아직 운전을 안 해 봤으니 다른 차들을 빌려 연습을 좀 하다가 타야 한다고도 했다. 그러나 나는 지금 당장 차가 필요하지 몇 달 뒤에 필요한 것이 아니었다. 모든 소비는 필요에 맞춰져야지 소득에 맞춰져서는 뒤로 밀리기만 할 뿐이다. 결국 통장의 300만 원은 인출되었고 트럭을 사는 데 사용되었다.

그 돈으로 살 수 있는 차라고 해봐야 중고차 가운데 연식이 아주 오래된 것뿐이었다. 그중에도 나의 주제에 맞게 유지비가 적게 들어야 했다. 첫 차량의 보험을 100만 원 정도로 잡았을 때, 내가 트럭 값으로 지불할 수 있는 돈은 200만 원에 불과했다. 200만 원짜리 유지비 적게 드는 트럭은 딱 하나뿐이었다. 바로 '라보'라는 경차 트럭이다. 이 트럭은 가스로 운행되어 힘이 없다는 평이 지배적이었다. 또한 가스충전소가 많지 않아 충전에 애를 먹는다고 했다. 이러한 이유로 시골에서는 많이 찾지 않아 구하기가 쉽지 않았다. 대신 작고 유지비가 적게 들어 도심에서는 배달용으로 많이 사용한다는 말이 있었다. 결국 라보를 사기 위해 도시로 떠났다. 내가 찾는 가격의 라보를 마침내 익산에서 만날 수 있었다.

익산 라보는 1998년에 만들어진 파란색 차량이었다. 이미 달릴 대로 달려 엔진은 제 힘을 발휘하지 못했다. 이 트럭도 역시 최대 시속 60킬로미터를 넘지 않았다. 도로 위 다른 차량과 비교하면 나의 라보는 아장아장 걸어가는 수준이었다. 그러나 역시 트럭은 오토바이보다 따뜻했다. 에어컨은 나오지 않았지만 히터는 잘 나왔다. 가을 농사를 하기에 부족함이 없는 넉넉한 적재 공간도 있었다. 나는 아장아장 걷는 라보에 '걸음마 1호'라는 이름을 붙여주었다.

나의 귀농은 걸음마 1호의 등장 이후 극적인 변화를 맞이하게 된다. 먼저 활동 반경이 완주군 전체로 확대되었다. 추위에 떨지 않아도 되니 저녁 일정도 소화할 수 있었다. 자연히 모임과 농사 태도 모두 능동적으로 바뀌었다. 너멍굴로의 이주에도 걸음마 1호의 존재가 큰 역할을 했다. 이 트럭은 나의 농업에 걸음마와 같은 역할을 했다.

걸음마 1호가
인력거로 쓰이는 모습

어른이 하지 말라는 것만 하면
성공한다

✳

　나에게는 하나의 믿음이 있다. 고민 되는 일이 생기면 꼭 어른의 조언을 들어야 한다는 믿음이다. 여기서 어른이란 더 이상 현역에서 활동하지 않는 분을 지칭하는 것으로, 나와 다른 시대를 살았던 분을 말한다. 고민 되는 일이 있을 때 어른의 조언을 들으면 비교적 일치되게 나오는 의견이 있는데, 그것은 틀림없이 그 반대로 행동해야 한다는 확실한 증표다. 여기에 더해 극렬하게 반대하는 어른이 계신다면 그 고민은 반드시 실행에 옮겨야 한다. 이 믿음을 잘 실천한 결과로 난 지금처럼 밥이라도 간신히 먹고 사는 처지가 될 수 있었다. 궁핍해도 더 이상 남에게 머리를 조아리지 않을 수 있게 되었다. 그중 가장 성공적인 사례 몇 가지를 옮겨보려고 한다.

첫째, 음주하지 말라. 많은 어른이 술은 백해무익한 것이라고 했다. 술이 사람을 마시기라도 하면 못쓰는 사람이 된다고 했다. 그러나 그렇게 이로울 게 없는 술을 인류가 수천 년간 빚어 먹었다는 사실이 이해되질 않았다. 대학에 들어가 본격적으로 음주에 뛰어들었다. 방학 때는 데모와 술을 교대로 벗하며 시간을 보냈다. 술을 마시면 용기가 생기고 변화에 망설임이 없어졌다. 농사를 짓겠다고 맨 정신에 말하는 것과 술에 취해 말하는 것은 그 강도가 달랐다. 취한 날에는 마치 내일이라도 당장 내려갈 것처럼 허언을 해대는 통에 다음 날 이불을 차기 일쑤였다. 그 수많은 허언 덕분에 난 하루라도 빨리 귀농을 결행할 수 있었다. 음주를 하지 않았더라면 겪지 않았을 삶이었다.

둘째, 귀농하지 말라. 고등학교 때 시골에서 농사짓겠다는 뜻을 가진 이래로 나의 귀농은 지속적으로 반대당했다. 특히 나를 진심으로 걱정하시는 어른들은, 농사는 힘든 데다 아무런 배움도 훈련도 없이 한다면 망하기 딱 좋다는 겁박으로 날 말리려고 하셨다. 특히 우리 외할머니께서는 판검사를 해야지 농사가 대체 무슨 소리냐며 아주 큰 걱정을 하셨다. 내가 귀농의 뜻을 굽히지 않을 수 있던 것은 이러한 어른들의 끊임없는 관심과 지속적인 반대에서 오는 확신 덕분이다.

가지지 못한 자가 자기 몫을 찾는 가장 손쉬운 방법은 세상을 뒤집어엎는 것이다. 지금 같이 민주적이고 풍요로운 세상에서 사회 전부를 뒤집어엎는 것은 불가능하고, 아마 그럴 필요도 없을 것이다. 그러나 어른이라 불리는 가진 자들의 말을 따랐다면 나는 이 세상에서 내 몫을 찾을 수 없었을 것이다. 나는 세상에서 나의 몫을 농사와 음주에서 찾았고 지금도 계속 찾아가고 있다.

향후 200년간 개발되지 않을 땅

역사학도가
흉작을 해결하는 방법
✳

또다시 흉년의 아픔을 반복할 수는 없었다. 원인을 알아내서 할 수 있는 것들을 해야 다음 해의 풍년을 기원할 수 있다. 물론 '그럴 줄 알았다' 할머니들은 비료를 주지 않은 것이 원인이라고 했지만 난 다른 이유가 있으리라 확신했다. 역사책에서 농사꾼들의 삶을 찾아보았다. 어르신들의 농사짓는 모습도 관찰했다. 이러한 과정을 통해 내가 흉작을 낼 수밖에 없었던 원인을 차츰 알아냈다.

먼저 나는 문전옥답을 가지고 있지 않았다. 관찰한 바에 따르면 어떤 농사꾼도 자신의 집에서 20~30분이나 떨어진 곳에 논밭을 경작하지 않았다. 다들 바로 집 앞이나 아무리 멀어도 마을 안에서 농사를 지었다. 그것은 농사라는 업무의 특성과도 관련이 깊어 보였다.

한 해를 지내다 보니 농사가 일반 직장인들처럼 오전에 출근해서 일이 끝나면 퇴근하는 업무 구조가 아니라는 사실이 명백해졌다. 작물이 어리면 볕이 뜨겁지 않은 오후에 나가 작업해야 했고, 날이 더우면 새벽에 나가야 했다. 물을 좋아하는 작물을 심는 때는 비 오는 날이 적격이고, 비가 너무 많이 오거나 가물면 수시로 논둑으로 나가 물꼬를 잡아야 했다. 막상 나가서 일하는 시간이 불과 몇 분에 불과하더라도 꼭 그때 해야 하는 일이 있었다. 이러한 업무 특성상 집 앞 논밭을 경작해야 한다는 확신이 점점 강해졌다.

또한 약을 안 치고 비료를 안 준다고 해서 배움을 등한시하거나 게을러져서는 안 될 일이었다. 수십 년을 농사지은 농사꾼도 그해 농사는 항상 처음이라고 했다. 그해의 씨앗과 그해의 날씨는 작년과는 또 달랐다. 어느 해도 똑같지 않으니 매년 농민은 새로운 조건에서 실험을 진행하는 학자와도 같다. 농민들은 매년 농업기술센터를 제 집 드나들 듯하며 교육을 받고, 자기 농토에서 매번 다른 씨앗과 농법으로 실험했다. 그렇게 수십 년이

흐르면 다른 농사꾼과는 아주 미묘한 차이가 생긴다. 나 같은 초
짜는 그게 무엇을 의미하는지 알려줘도 모른다. 그냥 저분은 하
루 늦게 심는가 보다 혹은 저 농사꾼은 꼭 무엇과 무엇을 같이 심
더라, 하는 정도만 보일 뿐이다. 그러니 선배 농사꾼들이 그저 따
라하라고 할 수밖에.

흉작을 피하기 위해선 결국 삶을 바꿔야 했다. 필요가 사
람을 만드는 법이다. 내가 농산물이 필요하지 않고 눈에 보이지
도 않으니 조금만 힘들어도 농사를 포기해버리기 일쑤였다. 지
금처럼 읍내에 살면서 밥을 사 먹는 날이 더 많다면 농민이 되기
란 요원했다.

삼례 집에 찾아온 경찰

＊

때마침 삼례 집에 경찰이 들이닥쳤다. 주변에 살던 어느
할머니의 신고로 우리 집에 경찰이 들이닥쳐 주의를 주고 간 일
이다. 후정마을에서 일찍이 없었던 '사건'이었다. 이는 내가 이주
를 결심하는 계기가 되었다.

때는 귀농 첫해의 여름날이었다. 방학을 맞이한 선배, 동
기, 후배와 친구들은 하루가 멀다 하고 우리 집에 방문했다. 특히

내가 방이 세 개나 있고 옥탑 전망이 아주 훌륭하다는 말을 하니, 이를 궁금해한 친구들이 여름 피서 장소로 삼례를 방문했다.

그날은 어느 후배가 자신의 친구를 데리고 나의 옥탑으로 온 날이었다. 아이돌 노래와 클럽을 아주 좋아하는 친구였다. 술을 먹고 기분이 좋아지자 흥은 본능적으로 음악과 춤으로 발현되었다. 어느덧 시간은 새벽 2시가 되었지만 우린 멈추기는 커녕 더욱 발광했다. 더운 여름날이었기에 창문이란 창문을 다 열어두고 '만행'을 벌였다. 해가 지면 잠을 자는 마을에서 그런 행동은 이웃의 공분을 사기에 충분했다. 급기야 우리의 추태를 공권력의 힘으로 제압하고자 결심한 어느 할머니가 신고를 했다. 당연히 우리는 손이 발이 되도록 빌었고, 문 앞에서 집 주인의 일장연설을 들은 뒤 조용히 불을 끄고 누웠다.

다음 날이 되자 온 동네 할머니들이 나를 볼 때마다 한마디씩 했다. 그날 나는 극심한 고민에 빠졌다. 음주가무를 포기할 것인가? 아니면 아무도 없는 무주공산으로 떠나갈 것인가? 답은 이미 정해져 있었다. 처음 이곳에 귀농하기로 결심했을 때 배 곯지 않고 남에게 아쉬운 소리 안 하고만 살면 된다고 생각하지 않았던가. 나는 밤새 고성방가를 일삼아도 누구도 뭐라 하지 않을 자유의 땅을 찾아 떠나기로 했다.

너멍굴을 찾다

✻

어디로 가야 할지 고민했다. 떼알의 다솜은 우리 같은 농법으로 농사짓는 사람들이 고산면에 많으니 그곳이 제격이라고 매번 말했다. 떼알농장도 고산에 있었고 미디어 협동조합 완두콩의 사무실도 고산에 있었다. 그러니 나의 집도 고산으로 이주하는 것이 맞았다. 지리지를 펴고 고산면에서 자주 가는 곳들의 교점을 연결해보며 어디로 가야 가장 농사짓기 좋은 땅을 구할까 생각하는 날이 많아졌다.

때마침 나의 밭농사 스승이셨던 종란 선생님께선 당신의 옆 골짜기 마을에 집이 하나 나왔다고 했다. 그 집은 산골에 외따로 있어서 사람들이 안 온다는 이야기도 들려주셨다.

촉이 왔다. 선생님의 전화를 받자마자 댁으로 달려갔다. 걸음마 1호를 산 지 3일이 지난 시점이었다. 이렇게 하늘이 나를 돕는구나. 선생님과 같이 집으로 찾아갔다. 골짜기는 마을에서 야트막한 산을 하나 넘으면 나오는 넓은 골이었다. 제법 평평한 골짜기에 계단처럼 벼농사를 짓고 있었고, 그 중턱 논가에 집이 하나 지어져 있었다. 그곳은 산 너머에 있는 굴 같은 골짜기라 하여 마을 사람들이 '너멍굴'이라고 부른다고 했다. 너멍굴과의 첫 만남이었다.

너멍굴 골짜기는 북으로는 큰 돌산을 뒤로 하고 남으로
는 멀리 만경강과 안수산을 바라보는 남향의 농토였다. 돌산에
서 사철 내려오는 물로 농사를 짓는다. 사람이 오래전부터 살지
않아 농사를 지으면 고라니와 멧돼지 피해가 심하다고 했다. 그
런 곳에 집이 한 채 서 있었다. 들어보니 땅 주인이었던 어르신의
형제가 편찮으셔서 요양용으로 지은 것이라고 했다. 나는 사람
이 살지 않는 골짜기를 이때 처음 보았다. 온통 벌레와 새 소리로
시끄러웠지만 사람 소리는 어디에도 없었다. 보자마자 내가 찾
는 공간이라는 생각에 온몸이 전율했다. 이곳에 터를 잡는다면
다른 이의 눈치를 보지 않고 하고 싶은 것을 마음껏 해볼 수 있을
것만 같았다.

돈이 없으면 쫓겨나는 것은 도시나 농촌이나 매한가지
다. 농사를 지으며 살려면 조용하고 깨끗한 땅이 필요했다. 그런
데 경치가 좋고 깨끗한 땅에는 도로가 생기고 집이 하나둘 들어
와 마을이 생겨났다. 마을의 땅값은 오르고 나 같은 무일푼의 농
사꾼은 다시 자리를 내어줘야 했다. 농촌판 젠트리피케이션이
다. 나는 한 200년 개발되지 않을 땅으로 들어가고 싶었다. 그곳
에서 오래도록 쫓겨나지 않고 살고 싶었다. 그곳에서 가족도 이
루고 자식도 낳아 고향을 만들어주고 싶었다. 고향이 있는 사람
은 돌아갈 곳이 있어 안정되고 여유롭다. 비록 나는 고향이 없어

비루하게 유년을 보냈지만, 나는 그 길을 너멍굴에서 보았고 이주를 결심했다.

2016년 9월 26일 너멍굴로의 이주가 시작되었다. 완주로 떠나올 때 60리터 가방에 챙겼던 짐은 6개월이 지나자 라보한 차로 늘어났다. 후배가 떠난 빈자리는 작은 똥개 한 마리가 대신했다. 너멍굴 이주 목표는 자유로운 농민이 되는 것이었다. 모두들 삶은 처절하고 고생은 누구나 하니, 아무도 없는 산골로 이주하는 고생쯤이야 아무것도 아니리라.

나라 빚과 지주

돈이 없다고 죽어야 하는 것은 아니다

✳

　처음 너멍굴에 들어왔을 때 월세를 낼 돈이 없었다. 일주일 전 걸음마 1호를 샀기 때문에 통장 잔고가 바닥을 드러냈다. 너멍굴 파란 지붕 판넬집은 월세가 6만 원이었다. 그러나 시골집은 사람이 살지 않으면 얼마 가지 않아 온갖 풀과 벌레로 상했다. 그래서 시골집 주인들은 세를 받지 않고 살기만 하라고 하는 경우가 왕왕 있었다. 너멍굴의 판넬집도 내가 보기엔 딱 그 형국이었다. 사람이 살지 않으면 이 집은 금세 흉가가 될 처지였다. 그래서 일단 주변을 깨끗이 정리하고, 월세를 내지 않고 몇 달 지내보기로 했다.

이 집의 주인은 '고산의 조르바'*로 불리는 길수 어르신
이다. 어르신은 180센티미터가 넘는 큰 키에 풍채가 아주 좋았
다. 또한 말씀을 아주 재치 있게 했다. 특히 마음에 들지 않는 것
들을 풍자하는 능력이 탁월했다. 과거에 도시에서 좀 놀았다는
고산의 조르바는 지금은 산 아래 마을에 터를 잡고 소를 키우고
있었다.

어르신도 나처럼 처음에는 빈손으로 왔다고 했다. 그러
다가 소 한 마리를 사서 키우고, 소 판 돈으로 다시 송아지를 두
마리 사서 키우고 해서 지금까지 왔다고 했다. 어르신은 그때 너
멍굴에 논 아홉 마지기를 샀고, 그 땅에 있던 집을 나에게 세 준
것이다. 너멍굴에 있는 아홉 마지기 논은 길수 어르신이 농사를
지은 이후로 20년 동안 유기농을 실천한 땅이었다. 긴 세월의 노
력을 증명하듯 가을을 맞아 익어가는 벼는 풍성하고 건장했다.
누가 봐도 풍작이었다.

고산의 조르바는 처음 내가 이곳에 들어왔을 때 자주 찾
아와 간단한 호구조사에서 꽤 진지한 인생 복안에 이르기까지
이런저런 것을 물었다. 며칠간 조사가 끝난 뒤 어르신은 나를 통
해 당신의 젊은 시절을 회상하는 듯했다. 어르신은 눈이 좋지 않

~~~~~~~~~~

*   《완주, 사람들》, 장미경 지음, 미디어공동체완두콩협동조합, 2014.

파란 지붕 판넬집 앞
9마지기 논

아 항상 먼 곳을 바라보았다. 어느 날은 나를 응시하며 당신이 농
사짓는 법을 가르쳐주겠다며 비장한 눈빛을 보이셨다. 그 뒤 나
는 너멍굴 아홉 마지기 논을 돌며 어르신이 손수 만든 물길의 원
리와 물꼬 트는 방법을 배웠다. 무엇보다 중요한 가르침은 '유기
농은 거름'이라는 단순한 명제였다.

　　"넌 밥만 먹고 살 수 있냐? 땅도 비료만 먹고는 안 되는
것이여."

　　그렇게 가르침을 받은 지 두 달쯤 지나자, 어르신은 이
땅을 네가 사서 경작하라고 했다. 무언가 급작스러웠지만 지금
이 바로 땅을 살 수 있는 기회임을 나는 직감했다.

인생 한 방

✳

떼알농장의 밭은 노동의 공간이자 각자의 농업에 대한 복안을 나누는 토론장이었다. 한번은 토지를 빼앗기지 않고 장기적으로 경작하는 방법에 대해 논의한 적이 있었다. 대선배 다솜은 모든 것은 차근차근 넓혀가야 하며, 지금은 소규모의 토지 경작을 통해 경험을 쌓아 후일을 도모하는 것이 옳다는 '한 발 한 발' 이론을 펼쳤다. 나는 빚을 내서라도 한 방에 토지를 소유하는 것이 내몰리지 않는 방법이라는 '인생 한 방' 이론을 주장했다. 이 두 주장은 후일 농장을 경영하면서 드러난 서로의 가장 큰 차이였다. 너멍굴에 들어온 지 두 달, 길수 어르신께서 너멍굴 논을 사라고 제안했을 때 나는 '인생 한 방' 이론을 실천할 수 있겠다 싶었다.

길수 어르신께 땅을 사겠다고 말했지만, 나에게는 땅을 살 돈이 없었다. 그러나 나라에는 돈이 있었다. 나랏돈을 잠시 빌려 농지를 구매하면 되겠다는 생각이 들었다. 군청 귀농 관련 부서에 면담을 요청했다. 군청에서는 나의 이야기를 쭉 듣더니, 귀농인 창업자금 대출에 대해 설명했다. 이 정책은 나라에서 귀농을 장려하기 위해 시행하는 장기 저리 대출이다. 귀농인으로 인정받으면 농지 구입이나 농업 설비 투자에 최대 3억까지 대출할 수 있고, 이자는 연 2퍼센트에 5년 거치 10년 상환이라고 했다.*
관건은 내가 귀농인 자격을 획득할 수 있는지 여부였다. 귀농인 자격을 확인하면서 100시간 이상의 귀농 교육을 이수했느냐고 물었다. 나는 무자본 농법을 온몸으로 실천하며 생계를 위해 주말 없이 일하는 청년 거지였다. 수업을 따라다니며 교육 시간을 이수하고 다닐 여가가 없었던 나는 귀농 교육 '0시간'이라는 황망한 대답을 내놓았다.

"아… 그럼 대출이 힘들겠는데요."

난 낙담했다. 그러나 역시 법은 예외가 많았다. 슬픈 표정을 한 나를 보며 직원은 귀농 교육을 대체할 수 있는 조항을 읊어주었다.

"혹시 농업 관련 학교를…?"

"혹시 3개월 이상의 농사 경력은…?"

3개월 이상의 농사 경력. 2016년 12월 군청에 방문했을 당시 나는 떼알농장에서 여덟 마지기 정도 되는 논과 밭을 9개월째 경작 중이었다. 문제는 이것을 증명하는 것이었다. 다행히

〰〰〰〰〰

*　　5년 거치 10년 상환이란, 처음 5년 동안은 대출금에 대한 이자만 납부하고, 나머지 10년 동안은 대출과 이자를 동시에 갚아 나가는 것을 말한다. 귀농인 자격은 완주군으로 전입신고를 한 지 5년 이내의 사람이 교육이나 농업 종사 등의 일정한 자격을 갖추면 획득할 수 있다.

나에겐 농사짓는 하루하루를 기록한 '농사일지'가 있었다. 간절하면 이뤄진다고 했던가. 무사히 귀농인 자격을 인정받아 1억여 원의 대출을 승인받았다. 그 돈으로 나는 2017년 3월 2일 완주로 내려온 지 딱 1년 만에 아홉 마지기 땅의 지주가 되었다.

무자본 농법이 탈석유 농법으로 진화하다

왜 가난해졌을까

✳

땅을 사고 너멍굴 진 지주라 불리우면서 나의 마음가짐은 변해갔다. 땅이 없을 적에는 내 앞의 모든 사람에게 머리를 조아리고 두 손을 공손히 모았다. 항상 "예"라는 말을 입에 달고 살았고 무엇이든 거절하지 않았다. 특히 시킨 일을 잘 처리하는 것을 처세의 목표로 삼았다.

그러나 빚으로 일군 땅 문서는 나의 태도를 순식간에 바꿨다. 타인에게 하달받은 일을 하는 시간이 줄어들었고, 생전 해본 적도 없던 산책을 하는 시간이 생겼다. 굽었던 허리를 펴고 고개를 들어 자연을 관찰했다. 땅을 사고 한 달쯤 지나자 급기야는 뒷짐을 지고 산책을 하기에 이르렀다.

농민에게 땅은 도시인의 집과 같다. 말하자면 나는 집을 소유하게 된 셈이다. '소유'가 사람을 불안에서 해방시키고 마음의 여유를 찾게 했다. 신기했다. 그러나 한편으로는 의문이 들었다. 왜 땅 문서가 없으면 뒷짐을 지지 못할까? 왜 직접 땅을 경작하는 사람이 땅의 주인이 되지 못하고, 왜 실제 집에 거주하는 사람이 집을 소유할 수 없을까?

땅 문서는 실제 그 땅이 아니다. 인간이 만들어놓은 약속을 적어놓은 종이에 불과하다. 나의 땅 문서도 엄밀하게 따지면 내 것이 아니다. 결국 농협은행의 돈으로 만들어진 농협의 것이었다. 땅에서 농사지으며 살아가는 사람은 나다. 그런데 땅 문서를 만들고 주고받음으로써 소유라는 허상을 좇게 되니, 열심히 땅을 일궈 은행 배만 불려주는 꼴이 되었다. 자본의 굴레에 빠져 앞으로 남은 15년을 죽어라 노동하며 살 도리밖에 없었다.

나는 열심히 살았지만 시간이 흐를수록 점점 더 가난해질 수밖에 없었다. 태어나서 지금까지 생산한 것보다 소비한 것이 점점 더 많아졌기 때문이다. 어른이 되면서부터 간간이 돈을 벌었지만, 돈을 버는 만큼 소비했고 갖고 싶은 물건이 많아졌다. 그러다가 급기야는 땅을 갖겠다며 일평생 가장 큰 소비를 감행한 것이다. 그것도 대출로 말이다.

뭐든지 출발이 어렵지 그다음은 쉽다. 한번 소비하면 그 달콤한 굴레를 벗어나기 쉽지 않다. 땅을 샀으니 이제 거대한 땅을 경작하기 위해 다음 소비가 뒤따라야 했다. 처음에는 넓은 땅에 필요한 종자를 사야 할 테고, 그것을 잘 키우기 위해 퇴비와 비료와 농약을 사야 할 테다. 종국에는 수천만 원짜리 농기계를 사서 넓은 땅을 경작해야 할 것이다.

땅을 소비하니 또 다른 소비가 이어지는 이 구조에 한번 발을 들이면 더 가난해질 것이 분명했다. 스스로 생산하지 못하는 것을 소비하는 데서 오는 가난의 악순환을 끊어야 했다.

탈석유 농법이란 무엇인가

✳

물은 위에서 아래로 흐르고, 줄기가 있으면 뿌리도 있다. 자연의 이치가 이러하니 위아래의 차이가 있는 것은 당연하다. 그것이 나쁜 것도 아니다. 그러나 그 안에서 약자의 생존을 담보하지 못하면 상황이 달라진다. 줄기가 뿌리를 살찌우지 못하고, 윗물이 아랫물을 흐르게 하지 못한다면, 식물은 죽고 물은 말라버릴 것이다. 사회 구조가 약자의 생존을 담보하지 못한다면 그 구조가 무너져야 한다.

땅을 사고 보니 나의 농법과 삶으로는 땅을 경작하는 데 요구되는 소비 구조를 감당할 수 없었다. 종자, 비료, 농약을 사서 현대 농법으로 작물을 생산한다고 빚을 갚고 여유를 누리며 평범한 가정을 꾸려 그 일원으로 살아갈 수 있을지 불투명했다.

나에게는 노동력과 시간이 많았지만 돈은 없었다. 그렇다고 돈을 벌기 위해 다른 곳에서 일하면 농사지을 시간이 부족해 농사마저 그르칠 것이 자명했다. 결국 내가 가진 것을 최대한 활용해서 농사를 짓고 생산물을 팔아서 생존해야 했다. 그러려면 가질수록 가난해지는 이 소유의 굴레를 이쯤에서 끊어야 했다. 소유의 굴레를 끊고 생존하기 위해 단순히 농법만 바꿀 수는 없었다. 무자본 농법이 '탈석유 농법'으로 나아간 것은 이러한 고민 때문이었다. 무리해서 땅을 샀고, 정신을 차리고 보니 지금의 농사 구조에 편승해서는 1억이라는 큰돈을 갚을 수 없었다. 구조를 뒤집고 새로운 판을 짜야 했다.

석유로 대표되는 화석연료는 지금의 우리 문명을 만들었다. 화석연료로 우리는 공장을 돌렸고 자동차를 만들었으며 부를 쌓았다. 화석연료의 전능함은 농업에서도 예외가 아니었다. 농업은 석유화학공업이 발전한 이래로 꾸준히 규모를 키운 기업에 종속되었다. 농사꾼들이 집에서 채종해 쓰던 씨앗은 이제 거대 다국적 종자 회사에서 사야 한다. 호미로 풀을 매고, 낙엽과 온갖 쓰레기를 모아 퇴비를 만들던 풍경은 사라지고, 농약과 비료, 멀칭용 비닐이 그 자리를 대신했다. 농약도 비료도 비닐도 모두 석유로 만들어진다. 그것들은 모두 돈을 주고 사야 한다. 나의 자본은 돈이 아니라 노동력과 시간이다. 그러므로 석유로 만든 제품에서 탈출하는 것이 소비의 악순환을 끊는 출발이었다. 나의 농사에서 탈석유는 다음 두 가지를 실천하는 데에서 큰 줄기를 잡았다.

첫째, 생산에서의 탈석유를 실천한다. 거대 농업 기업의 제품을 소비하지 않고 비닐과 기계를 사용하지 않음으로써, 생산비를 절감하며 종속을 유도하는 소비를 차단한다. 이러한 생산방식은 이미 많은 농사꾼이 하나둘 시도하고 있었다. 어떤 이는 비닐을 쓰지 않고,* 또 어떤 이는 직접 채종한 씨앗을 사용하고 기계를 사용하지 않았다. 나는 그저 그들의 방법을 찾아 똑같이 실천하면 된다. 그러나 이게 다가 아니다.

둘째, 유통과 소비에서의 탈석유를 시도한다. 결국 우리의 식탁에 오르는 농산물이 가장 많은 석유를 소비하는 과정은

---

* 비닐 사용은 농업에서 제3의 농업혁명이라고도 불린다. 제1의 농업혁명은 축력을 사용하면서부터 시작되었다. 제2의 농업혁명은 비료와 농약으로 출발했다. 그리고 비닐은 땅의 온도를 높이고, 풀이 나는 것을 억제함으로써 제3의 농업혁명으로 일컬어지게 된다.

유통과 소비 단계다. 소비자는 매일 비닐로 포장된 농산물을 마트 신선코너에서 사서 먹는다. 전국 각지에서 특산물이라며 생산된 농산물이 유통되는 과정에서 어마어마한 화석연료가 소비되는 것이다. 쉽게 말하면 택배비가 농산물 가격에서 차지하는 비중이 높아질수록 석유 사용은 점점 늘어난다. 멀리 이동하면 할수록 택배 비용은 상승하고 그것을 고스란히 농민과 소비자가 반반씩 부담한다. 그 과정에서 유통 업체와 거대 마트만 돈을 번다. 지역에서 생산되는 농산물은 그 지역이나 가장 가까운 도시에서 전량 소비되어야 한다. 나의 농산물도 우리 지역 또는 가까운 전주에서 전량 소비되어야 한다.

가난한 농사꾼인 나의 탈석유 농법은 많이 벌어야만 하는 이유를 없애는 과정이 핵심이었다. 쓸 것이 없으면 벌어야 할 일도 없다. 탈석유 농법이란 생활에서 필요한 것들의 자급률을 높이고, 거대 기업에서 만드는 것들의 소비를 줄이는 일이다. 자급의 범위를 늘리다 보면 삶의 질은 떨어지는 것처럼 보인다. 그러나 내가 오래도록 농사지으며 이곳에서 살아가려면 소비 조정이 꼭 필요했다. 더 많은 것을 욕망하는 과정에서 종속은 점점 심화되니까. 내가 소비하지 않음으로써 종속의 고리를 끊어내야 했다.

조상님은 미개하지 않다

유기순환농업의 기본,
섞어짓기와 윤작

✳

비닐과 석유화학제품을 농장에 사용하지 않으려면, 그것을 사용하지 않던 시대의 농사법을 알아야 한다. 수백 년 전 선조들의 농법만을 의미하는 것이 아니다. 마을 어디에나 있는 할머니 할아버지의 농법도 있다. 이 어르신들은 젊었을 때 약과 비료를 넉넉히 뿌려주던 농사꾼들이었다. 그러나 시간이 흘러 지금은 농약 통을 맬 힘이 없어 약을 치지 못한다. 그것을 한탄하시며 자신이 어릴 적 해보았던 농법을 다시 시도하는데, 이것이 바로 우리가 석유를 농업에 사용하기 전 농사짓던 모습이다. 대표적인 것이 윤작과 섞어짓기다.

윤작은 한곳에 한 작물만 심지 않고 여러 작물을 돌려 심는 것을 말한다. 올해 봄에 감자를 심었다면 그곳에 바로 이어 감자를 다시 심지 않는다. 감자를 거두고, 들깨를 심고, 그 뒤에 쪽파를 심는다. 다른 작물로 몇 해를 돌린 뒤 다시 감자를 심는다. 한곳에 같은 작물만 여러 번 심을 때 발생하는 병이나 특정 벌레의 증식을 억제하는 손쉬운 방법이다. 윤작을 하면서 살충제와 농약을 치는 효과를 자연스레 보는 것이다. 어르신들은 윤작으로 봄 작물을 심은 뒤 뒷작물로 깨나 콩을 많이 심었다.

섞어짓기는 이른바 '꿩 먹고 알 먹고' 농법이다. 처음 이 농법을 발견한 곳은 산 아래 살고 계신 옥선 할머님의 밭에서였다. 할머니의 땅은 어느 순간이 되면 사람이 지나다닐 수 없을 정도로 모든 곳에서 작물이 자랐다. 작물을 심고 관리하려면 분명 어딘가로 지나다녀야 하는데, 할머니는 틈도 없이 작물을 심어 놓으셨다. 어찌된 영문인지 묻자 할머니는 이랑에 참깨를 심고, 시간이 지나 때가 되면 고랑에 들깨를 심으신다는 거였다.

대단한 방법이었다. 여름이 지나갈 무렵이면 밭 전체를 활용하는 이 농법은 남들이 지나다니느라 버리는 땅에도 작물을 심어 같은 면적에서 두 배의 생산을 올리는 기적의 농법이었다. 할머니는 아주 명쾌하게 설명하셨다.

"이게 바로 꿩 먹고 알 먹고야."

어르신들이 사용하는 농법은 현재의 과학으로도 아주 타당한 방법이었다. 윤작은 농업기술센터에서도 연작 피해를 방지하기 위해 권장했다. 특히 깨는 강한 향으로 해충을 예방하고, 콩은 식물에 필요한 질소를 고정해주는 작용을 해 지력이 살아난다고 했다. 물론 섞어짓기는 단일 품종 대량 생산의 요구에 부합하지 않아 권장되지 않았지만 과학적으로 입증된 방법이라고 했다. 물을 좋아하는 작물과 싫어하는 작물, 해를 좋아하는 작물과 싫어하는 작물이 같이 자라나면 서로가 서로를 보완하며 더 잘 자라기 때문이다.

농기구 야무지게 사용하기

✧

기계 사용을 줄이려면 손으로 사용하는 농기구를 능수능란하게 다룰 줄 알아야 한다. 처음 철길텃밭을 경작할 때 땅을 갈기 위해 쇠스랑을 사용했다. 몇 번 하니 팔뚝에 알이 조금 배겼지만 별것 아니다 싶었다. 집으로 돌아가는 길에 뒷집 할머니에게 이제 쇠스랑을 잘 쓰게 되었다고 자랑을 했다. 그랬더니 할머니가 솔깃해하시며 자기 밭도 한 줄만 갈아달라고 하셨다. 나는 자랑할 욕심에 기꺼이 한 줄을 갈았는데, 할머니가 한참을 바라보시더니 한마디 던지셨다.

"농사는 힘으로 하는 것이 아니여."

한마디로 쇠스랑은 힘이 아니라 요령이라는 것이다. 그러면서 할머니가 직접 몇 번의 시범을 보이셨다. 과연 리듬감과 동작의 절제미가 일품이었다. 보기엔 쉽지만 그 율동감은 쉽사리 따라 하기가 어렵다. 결국 내가 쇠스랑을 쇠스랑답게 사용하게 된 것은 많은 연습 끝에 어깨 결림으로 고생한 뒤 1년도 훨씬 더 넘어서다.

각각의 농기구는 사소한 모양 차이에도 다 의미가 있다. 조선낫은 두꺼운 잡초나 장작 가지를 정리할 때 사용했고, 풀낫은 작은 풀들을 베어 눕힐 때, 부추낫은 작물 사이에 난 더 작은 풀에 효과가 좋았다. 호미도 날의 크기와 목의 길이에 따라 용도가 달랐다.

이러한 차이를 하나씩 알아가는 것은 책으로는 절대 불가능했다. 처음에는 마을에 계시는 숨은 농사 고수들께 사용법을 물었다. 그러나 질문도 한두 번이지 바쁠 때 어르신을 불러 물어보는 것은 서로에게 불편한 일이었다. 결국 같은 작물을 심은 농사꾼이 어떻게 하는지 유심히 관찰했다. 이 시기에 어떤 농 작업을 무슨 기구로 하는지, 어떤 자세로 어디에 힘을 주는지 자세

뱀으로부터의
자유를 선사한 선낫

히 관찰하다 보니 차츰 많은 것이 느껴졌다.

그렇게 2년쯤 지나자 너멍굴 농장에서 많이 사용하는 농기구들이 생겼다. 너멍굴에서는 삽과 곡괭이를 가장 많이 썼다. 원래 논으로 쓰던 땅을 밭으로 바꾸는 과정에서 배수로를 정비하고 이랑을 높이는 작업을 많이 했기 때문이다.

그다음으로 많이 사용된 농기구는 선낫이라는 물건이다. 선낫은 아주 커다란 낫이 긴 자루에 붙은 모양이다. 처음에는 논둑에 우거진 풀덤불을 베려고 선낫을 사용했다. 낫으로 베어내려면 길게 자란 풀숲 사이로 손을 집어넣어야 하는데, 약을 치지 않은 논둑 속에는 뱀과 쥐가 우글거린다. 나는 뱀을 아주 무서워해서 선낫을 사용하기 전까진 풀이 조금이라도 우거지면 근처에도 가지 않았다. 그러나 풀을 방치하면 씨가 떨어져 온 밭이 풀로 가득 찬다. 고민은 유럽이나 중국에서 사용한다는 선낫을 사용하면서 해결되었다. 요령만 익히면 웬만한 예초기 속도를 능히 따라잡을 수 있었다. 거기에 손을 풀에 넣지 않아도 되니 선낫은 뱀으로부터 자유로운 작업을 나에게 선사해주었다.

너멍굴에 들어가 몇 해 농사를 반복하자 제법 많은 농기구의 사용법을 익힐 수 있었다. 그러나 농기구를 사용하면 할수록 최고 요령의 실체가 드러났다. 모든 건 하나의 목표를 향하고 있었다. 그것은 바로 내 손을 지켜야 한다는 것이다. 아무리 효율 좋은 농기구도 손과 몸이 제대로 기능하지 못하면 사용할 수 없다. 농기구는 요령껏 쓰면 오래 사용할 수 있지만, 몸은 쉬어가며 사용해야 오래 쓸 수 있다. 올해만 농사짓고 말 것이 아니라면 반드시 몸을 사용한 만큼 휴식을 취해야 한다.

농기구의 야무진 사용법은 요령을 익히는 것에서 출발해 쉬는 것으로 완성되어갔다.

《임원경제지》 읽기 모임
✳

삼례에 정익이라는 청년이 이사를 왔다. 그는 풍석문화

재단에서 전통주를 복원하는 일을 하고 있었다. 풍석이라니. 대학에서 어렴풋이 들어보았던 풍석 서유구가 기억났다. 풍석 서유구. 그는 조선의 백과사전이라는 《임원경제지》를 펴낸 인물이다. 그중에서도 총 3권으로 출간된 〈본리지〉 편에는 조선의 농사법이 자세히 기록되어 있다. 처음 귀농했을 때 옛 농법을 직접 읽어보겠다며 〈본리지〉 1권을 샀다. 그런데 읽어보니 조선 시대의 용어로 쓰인 책이라 도무지 이해가 되질 않았다. 결국 몇 번 시도하다 포기했다. 그런데 그 책의 내용을 토대로 술을 복원하는 사람을 만난 것이다.

마침 정익은 《임원경제지》를 읽는 모임을 하나 만들고 싶다고 했다. 절호의 기회였다. 혼자서는 도무지 읽기 어려운 책이지만, 같이 읽다 보면 뜬구름이라도 잡지 않을까? 형과 그의 짝꿍, 동네 지인들 몇 명이 모여 스터디를 했다. 각자 분량을 나누고 격주에 한 번 모여 책을 조금씩 읽어나갔다.

머리를 맞댄다고 쉽게 이해되지는 않았다. 그러나 분명한 것은 서유구가 전하는 전근대 농법 가운데 탈석유 농법에 적용할 농법이 아주 많다는 점이었다. 특히 땅에서 나오는 낙엽이나 난방하고 버려지는 재, 가축과 사람의 분변을 활용해 작물을 기름지게 하는 방법이 자세하게 기록되어 있었다. 주변에서 조달 가능한 재료를 활용해서 퇴비를 만들고 천연 제충제를 만든다면 소비를 줄이면서도 제법 그럴싸한 농산물을 생산할 수 있겠다는 희망이 일었다.*

---

* 서유구의 책에는 농사뿐 아니라 집을 짓는 방법, 음식을 만들고 옷을 만드는 방법부터 당대의 생활상까지 방대한 자료가 담겨있다. 혹시 관심 분야가 있다면 찾아서 일독하는 것을 추천한다.

너멍굴 마을 생태계

너멍굴 요정님

✳

　너멍굴 같은 전망 좋은 골짜기가 전원주택 단지로 변하지 않았던 것은 그곳을 지키는 어르신이 있었기 때문이다. 그 어르신을 세간에서는 성격이 괴팍하고 무서운 사람이라고 했지만 너멍굴에 조금 살며 지켜본 결과, 나는 그 평가에 전혀 동의하지 않게 되었다. 물론 어르신이 나에게도 간혹 사나운 발톱을 드러내기는 했지만 그가 이 골짜기를 청정하고 개발되지 않은 상태로 지켜냈기에 너멍굴에 나같이 가난한 농사꾼이 들어올 수 있었다. 그래서 나는 어르신을 너멍굴을 지킨 요정님이라고 불렀다.

　요정님은 골짜기로 들어오는 유일한 통로에 위치한 소

막을 가지고 있었다. 또한 너멍굴 안 곳곳에는 밭과 논이 있었다. 그는 봄이면 고사리와 쑥을 채취하러 골짜기로 찾아오는 도시인을 특히 싫어했다. 그들이 자신의 밭과 논을 마구 짓밟기 일쑤였고, 시끄럽게 지나다니는 통에 막사 안에 있는 소를 놀라게 했기 때문이다. 그래서 그는 소막 옆을 지나는 농로를 비포장으로 남겨두었다. 간혹 본 적 없는 차가 농로에 들어서면 길을 막았다. 외지인들은 고성을 지르며 나가라고 소리치는 요정님의 호통에 혀를 내둘렀다. 그들은 뭐 저런 이상한 사람이 다 있느냐며 황급히 달아났다.

　　그는 이곳에 땅을 사려는 사람이 있으면 대뜸 찾아와서 이곳은 내가 도로를 막으면 길이 없으니 사지 말라고 엄포를 놓았다. 처음 내가 너멍굴에 땅을 마련했을 때 요정님의 격렬한 호통에 몇 달을 시달려야 했다. 나는 그 행동이 이 골짜기를 농사짓는 공간으로 지키려는 치열한 노력임을 나중에야 알았다. 그는 사람이 들어와 땅값이 오르면 결국 자신도 농토를 내어주고 쫓겨나게 될 것임을 너무도 잘 알았다. 난 그의 행동을 보며 한 가지 중요한 가르침을 얻었다. 포악함은 때론 무언가를 지켜내는 효과적인 방법이 된다는 것 말이다.

　　요정님은 술을 아주 좋아했다. 나는 그가 농사를 지으러 오는 모습을 멀리서 보면 항상 맥주나 소주를 내어주었다. 기분이 좋은 날이면 요정님의 웃음 소리를 듣고, 걱정 어린 질문도 받을 수 있었다. 무엇인가 안 풀리는 날에는 술을 내어주고고도 혼쭐나기 부지기수였다. 그러나 겨울이 지나면 반드시 봄이 오는 법. 시간이 지나자 요정님은 결국 나를 골짜기 경작의 동반자로 받아들였고, 나도 요정님의 기행을 감사해하면서도 거리를 유지하는 전략적 동반자의 관계를 구축했다.

마을 속에 너멍굴

✳

산을 넘어 들어가는 너멍굴도 결국은 마을의 일부였다. 너멍굴은 외율마을의 길을 따라 올라가 마을 사람들이 농사를 짓는 농토였다. 너멍굴이 마을의 일부라는 점은 지금도 변하지 않았다. 나를 제외하면 너멍굴 농토를 경작하는 모든 사람은 외율마을에 살기 때문이다. 그러니 시끄럽게 떠들고 마음껏 놀기 위해 골짜기에 들어왔어도 마을의 일원이라는 사실을 항상 명심해야 했다. 삼례에서 경찰까지 대면한 터라 조심성과 예절 바름을 늘 탑재해야 했다.

처음 이사를 오고 한 달 뒤 마을로 내려가 가가호호 떡을 돌리며 인사를 드렸다. 그리고 마을길을 오르내릴 때 아무리 바빠도 마을의 어른들께 꼭 인사를 했다.

외율마을은 지역민 텃세가 덜한 곳이다. 일정한 경계의 눈빛은 시간이 지나면 해결될 일이다. 너무 과하게 친절할 필요도, 똑같은 경계로 대응할 필요도 없다. 그저 시골에 남아 있는 유교적 행동 양식에 따라 나이 어린 사람이 웃어른께 예를 다하고, 갈등이 생길 만한 일은 미리 양보하면 된다. 그렇게 조용히 시간이 흐르도록 내버려두면 점차 경계의 눈빛은 흐릿해지고 자연스레 마을로 녹아 들어갈 수 있다.

너멍굴에는 농약을 치지 않는 농민이 반, 치는 농민이 반이었다. 처음에 유기순환농을 하겠다고 선언한 뒤 마을에 약을 치는 농사꾼들의 모습을 보면 슬금슬금 피하며 얼굴을 찌푸리던 때가 있었다. 물론 농약은 개인의 건강에 해롭지만 그렇다고 그렇게 대놓고 부정적인 태도를 표하는 것은 바르지 못했다. 조금 더 친환경적으로 농사짓는다고 해서 덜 그렇게 농사짓는 사람보다 인간의 격이 높지는 않으니 말이다. 그저 중히 여기는 것이 다르고, 그 과정에서 살아가는 모습이 다른 것에 불과하다. 물론 농약을 치지 않았으면 하는 바람이 있다. 하지만 내가 농약을 치지 않고도 풍년을 내어 생산물을 비싼 값에 팔았다는 소문이 마을에 돌면 아무리 하지 말라고 해도 모두가 약을 치지 않을 일이라고 생각할 문제다.

3장

컨대미문의 놀이판

모든 것은 나의 욕망이었다. 농사꾼뿐만 아니라 멋진 무언가를 다 해보고 싶었던 것이다. 농사를 지으려고 땅을 샀다. 그러나 막상 지주가 되자 이것저것 기웃거리는 일에 더 관심을 두고 정작 나의 목적을 잊고 있었다.

그해 겨울

저비용 고노동

✴

걸음마 1호를 얻자마자 너멍굴에 바라던 집을 얻었다. 이제 그 집에서 산골에 걸맞은 새로운 주거 양식에 도전해보기로 했다. 소비를 통해 생계를 유지하는 활동을 줄이고 싶어서였다. 그러기 위해선 주거에서 돈이 들어가는 부분을 하나씩 '저비용 고노동'의 구조로 바꿔야 했다.

너멍굴에 들어간 때는 귀농 첫해 겨울이 오는 시점이었다. 낮에는 땀이 날 정도로 더웠지만 저녁이면 싸늘한 골짜기 바람이 불었다. 당연히 자급률 개선의 첫 번째 목표는 난방이 되어야 했다. 처음 들어간 집에는 사용한 지 오래인 기름보일러가 하나 있긴 했다. 그러나 기름을 밖에서 사와야 했고, 무엇보다도 이렇게 바람이 들이치는 집에서 기름을 때다간 난방비가 차값만큼 나올지도 모를 일이었다.

다른 난방 수단이 없을까 둘러보다가 방 한 칸이 아궁이가 있는 구들인 것이 눈에 들어왔다. 난 역사책에서만 보던 구들난방을 이때 처음 보았다. 구들은 집 밖에 있는 아궁이에서 불을 지피면 방바닥에 따뜻하게 열이 올라오는 구조라고 배웠는데 과연 듣던 대로 생겨먹었구나. 신기한 장난감에 호기심이 발동해서 그날 바로 아궁이를 지폈다. 결과는 대참사였다. 아궁이에서 굴뚝으로 빠져나가야 할 연기가 반대로 역류했다. 오랜 시간 방치된 아궁이는 구들장 아래 고래*에 쥐가 뚫었을 것으로 추정되는 구멍이 여러 군데 나 있었다. 굴뚝도 깨져 연기가 빨려 올라가지 못하는 듯했다.

사실 구들에 대해서는 쥐뿔도 몰랐다. 일단 하루 추위를 참고 견뎠다. 날이 밝고 산 밑에 있는 도서관으로 내려가 구들에 대해 공부했다. 구들방이 어떻게 따뜻해지는지, 불길은 어떻게 나야 하는지 구조와 특징에 대해 모조리 외우고 또 외웠다. 다시

---

* 불길과 연기가 나가도록 구들장 밑에 나 있는 통로를 말한다. 방고래라고도 한다.

컷 아궁이, 벽난로, 가구들.
DIY라고 할 수 있다.

올라와서 구들을 살피니 아궁이 쪽 부넘기*와 굴뚝의 기밀이 문제인 것 같았다. 시멘트 한 포를 사고 벽돌을 주워 책에 나온 아궁이를 재현했다. 신기하게도 저녁이 되자 아궁이 속 불길은 굴뚝을 향해 나갔다. 그렇게 다섯 시간 정도 불을 지피자 방이 따뜻해졌다. 이제 기름이 아니라 산에서 나무를 주워 바닥 난방을 해결할 수 있었다.

다음은 거실 난방과 온수였다. 거실 바닥에는 기름보일

---

* 방고래 어귀에 조금 높게 막아서 불길이 넘어 들어가게 만든 언덕을
말한다.

러 배관이 놓여 있었다. 기름보일러는 배관이 터져 쓸 수 없으니, 다른 난방 수단을 마련해야 했다. 안방 아궁이를 자력으로 고쳐서 자신감이 상승한 나는 직접 난방 기구를 만들어보면 어떨까 하는 도발적인 생각에 빠졌다. 전원주택의 로망은 역시 벽난로가 아니겠는가?

도서관으로 달려갔다. 벽난로 관련 책을 몇 권 찾아보며 거실 벽난로를 구상했다. 장난감을 만드는 기분이었다. 책을 대강 훑어보고 고산 읍내로 내려가 연통과 벽돌을 사왔다. 시멘트와 벽돌로 쌓아올린 벽난로는 신기하게도 밖으로 불길이 나가며 집 안을 따뜻하게 만들었다. 그리고 벽난로 위에 작은 주전자를 올려 물도 덥힐 수 있었다. 물론 열 효율이 아주 떨어져 아무리 불을 때도 따뜻한 물밖에 얻지 못했지만 말이다.

난방과 온수를 해결하자 자급률 50퍼센트가 완전히 허황된 시도가 아니라는 생각이 들었다. 마지막으로 도전한 것은 가구 만들기다. 이젠 자신감이 완전히 붙어 온갖 가구 이름이 다 나왔다. 아일랜드 식탁에 옷장, 테이블까지 모든 것을 만들어보리라 계획하고 제작에 들어갔다. 믿을 수 없겠지만 모든 것이 차례로 내 손에서 만들어졌다. 물론 사서 쓰는 가구처럼 튼튼하고 깔끔하게 마무리되지 않았지만 내가 쓰기엔 그 나름대로 만족스러운 가구들이었다.

휴식하다

✳

2016년 11월 중순, 겨울이 시작되려 할 때에 맞춰 집 정리를 마쳤다. 대비한 장작도 충분히 모았다. 이제 본격적으로 휴식의 계절을 즐길 차례였다. 먼저 내년 봄 농사 계획을 세우면서 그간 서울에 잠들어 있던 남은 짐을 걸음마 1호에 모조리 싣고 내려왔다. 비로소 모든 짐을 가지고 내려온 것이다. 짐이라고 해봐야 책과 옷이 전부였지만, 도시에 짐이 남아 있는 때와는 또 다른 느낌이 들었다.

집이 안정되어가면서 농한기인 겨울에 무엇을 하며 쉬면 좋을까 생각했다. 가장 먼저 일주일 모두를 주말처럼 늦잠을 자기로 했다. 아궁이에 불을 충분히 지핀 날이면 방 안은 제법 따뜻해 다음 날 오후까지 온기가 남아 있었다. 새벽에 일어나야 했던 여름날이 기억나지 않을 만큼 잠을 충분히 잤다. 잠은 많이 잘수록 더 자고 싶어지는 법이나, 너멍굴에서 처음 맞이한 겨울의 여유를 만끽하고 싶었다.

술 창고를 만들어 친구들을 원 없이 초대하고도 싶었다. 삼례 집에 경찰이 들이닥친 그날 이후에는 친구와 음주가무를 즐긴다는 일이 내심 두려웠다. 그러나 이제 산골짜기에 나 하나밖에 없다. 밤에 나가 괴성을 질러도 산 너머 마을에는 아무 소리가 들리지 않는다. 애가 달았던 나는 너멍굴에 겨울이 오자마자 술 창고를 만들었고, 친구들을 마구 불러댔다.

농민의 겨울은 장을 담그는 11월 중순부터 감자를 심는 3월 중순까지다. 하우스를 하거나 모종 농사를 짓는다면 1월까지만 쉴 수 있지만, 첫해인지라 나는 모종 농사에 뜻이 없었다. 그래서 완주에서 처음 보내는 겨울, 난 11월부터 3월까지 무려 네 달을 질리도록 놀았다.

술 한잔에서 시작된 영화제

✦

그해 겨울, 2016년 마지막 날은 아주 특별했다. 귀농 첫해를 마무리하는 그날, 대학에서 동문수학했던 후배 건이 오겠다고 했다. 그는 내가 나온 다큐멘터리를 보았다고 했다. 기실 그 후배와 난 재학 시절 친한 사이는 아니었다. 그의 방문은 갑작스러웠지만 그때 나는 여유와 심심함이 넘쳤다.

당시엔 고산 특산품인 소고기를 '손님'들에게 적극적으로 대접하곤 했다. 그날도 여느 날과 다르지 않았다. 소고기와 와인을 그야말로 퍼부었다. 물론 대가는 참혹했다. 다음 날 어지러움 속에서 해장하려고 칼국수 집을 찾았다. 칼칼한 국물을 마시며 영화 이야기를 나눴다.

독립영화 감독이었던 건은 자신의 작품을 상영하기가 쉽지 않다 말했다. 나는 너멍굴 땅이 넓으니 첫 영화 상영의 장소로 어떠한가 물었다. 건은 진짜냐고 물었고, 술이 덜 깨 잔뜩 들뜬 우리는 까짓것 영화제가 별거냐며 영화제를 열기로 확정해버렸다.

우리 영화제의 서막이 오르고 있었다. 나는 대학 동기 지은이 영화에 흥미가 있음을 떠올리고는 영화제 소식을 알렸다. 그녀는 영화에 관심이 많아 관련 직장을 잡으려고 준비하던 중이었다.

"너 영화제 한번 만들어볼 거니?"

질문은 직설적이고 도발적이었다. 지은은 신중한 성격에 행동도 진중했지만, 영화제만큼은 흔쾌히 수락했다. 그렇게 '너멍굴 영화제'라는 전대미문의 놀이판이 벌어졌다.

너멍굴 진수성찬

지주가 되는 마지막 관문

❋

　내가 지주가 된 것은 순전히 주변의 많은 도움이 우연처럼 겹쳐 일어난 행운의 결과였다. 매 순간 정확한 우연들이 맞물리며 대출을 받을 수 있었다. 종란 선생님이 이 땅을 소개해주지 않았다면, 나는 너멍굴의 존재도 알 수 없었을 것이다. 길수 어르신이 땅을 내어주겠다고 선뜻 결심해주지 않았다면, 군청에서 귀농인 자격 획득을 도와주지 않았다면 역시 불가능했을 것이다. 나는 너멍굴에 정착하지 못하고 떠돌았을 것이다.

　대출 승인을 받고 마지막 등기 이전이 남았을 때, 두 난관을 마주했다. 먼저 너멍굴에 자리 잡은 파란 지붕의 집 문제.

그건 무허가 건축물이었다. 시골에는 무허가 건축물이 워낙 많아서 환경을 훼손하거나 타인이나 국가의 재산을 점용하지 않는 한 크게 문제 삼지 않는다. 그러나 그 땅을 다른 사람에게 팔 때는 현행법이 유야무야 넘어가지 않는다. 토지가 신고 용도대로 사용되지 않으면 명의 이전이 불가능했다. 길수 어르신이 팔기로 한 너멍굴의 토지 용도는 논이었다. 그런데 한켠에 떡하니 집이 세워져 있으니, 땅을 사려면 집을 부수거나 그 필지만 빼고 사라고 했다. 2017년 봄, 토지 매매를 위해 골짜기에 하나뿐인 집을 '깔끔'하게 부쉈다.

무허가 건축물 문제를 해결하니 다음은 세금 문제가 나왔다. 1억짜리 토지를 사는 데 세금이 몇십만 원일 리 없었다. 토지 가격의 3퍼센트 정도인 300만 원이 조금 넘었다. 무슨 일을 해도 매번 돈이 발목을 잡았다. 당장 목돈을 마련할 길이 보이질 않았다.

너멍굴 진수청찬의 탄생

❋

아직 생산물도 나오기 전인데, 내 입장에서는 내야 할 세금이 많았다. 누구한테 꿔볼까 싶다가도 돈을 선뜻 꿔주겠다는 사람은 없겠다 싶었다. 그래서 한 가지 꾀를 내었다.

"지인들에게 조금씩 돈을 받아 일단 세금을 내고, 내년에 농사를 지어 생산물을 가져다주자."

조선 시대에는 생산할 농산물의 대금을 미리 지불받는 것을 선대제라고 했다. 거기서 착안한 너멍굴의 선대제는 그 이름을 나의 성 앞 글자를 따서 '너멍굴 진수성찬'이라 불렀다.

진수성찬이라며 무턱대고 친구들에게 돈을 받을 수 없었다. 하다못해 리플릿이라도 한 장 만들어 지인들에게 보여주며 말을 해야 면이 설 것이다. 서울에서 노동운동을 한다는 선배에게 전화를 걸어 리플릿 디자인을 하나 부탁했다. 평소 같으면 단칼에 거절했겠지만 다행히 처음 농사를 짓겠다는 후배의 간곡한 청을 거절하지는 않았다. 그렇게 나온 리플릿을 들고 서울로 상경했다.

기차에서 친구들과 선배들에게 전화를 돌렸다. 여차저차 하니 주문해준다면 내년에 농산물로 드리겠다고 호기롭게 홍보했다. 서울로 올라가서 4일 동안 서울 각처에 흩어져 있는 지인들을 만나고 다니며 돈을 받아냈다. 지금 생각해도 참으로 어처구니없는 짓이었다. 지인들 역시 주문을 하면서도 이걸 받을 수 있을런지 반신반의했다. 나는 빚이라도 내서 갚겠다고 호언장담했다. 그때 친구들이 준 도움으로 55명에게서 350만 원

가량의 선대금을 받아올 수 있었다. 그 돈으로 세금을 내고 마지막 관문을 통과해 나는 무일푼의 지주가 되었다.

아홉 마지기의 땅을 사서 야무지게 경작해도 나는 사실 2000평도 되질 않는 소농에 불과했다.* 소농의 판로는 직거래뿐이라는 생각이었다. 그러나 생산물이 뚜렷하게 나오지 않은 농사꾼을 믿어줄 직거래 소비자는 없다. '너멍굴 진수성찬'은 그런 신용도 '0'의 농사꾼에게 보내준 친구들의 마지막 호의였다.

~~~~~~~~~~

* 마지기라는 토지 단위는 지역마다 다른 크기를 갖는다. 이는 조선 시대 세금을 부과하던 토지 제도에서 유래한 것인데, 땅이 비옥한 지역은 한 마지기의 평수가 작았고, 상대적으로 척박한 지역의 한 마지기는 평수가 컸다고 한다. 내가 사는 완주 지역에서는 한 마지기가 200평으로 통용되었다.

첫 수확과 농산물 배달 대작전

탈석유 농법의 실체

✳

질리도록 놀았던 겨울이 지나가고 봄이 오고 있었다. 들뜬 마음으로 새 농법을 실행에 옮길 때만을 기다리고 있었다. 그러나 역시 이상적인 이론은 철저한 실천이 뒷받침되지 않으면 성공할 수 없다. 난 겨우내 농사 첫해에 들었던 '유사 이래 최대의 흉작'이라는 오명을 반성하지 않았다. 겨울을 허투루 보낸 베짱이 농사꾼에게 자연은 정직한 결과로 보답했다.

처음 심은 작물은 감자였다. 감자를 심으려면 배수를 개선하고 논의 토질을 감자밭에 어울리는 토양으로 개선해야 했다. 기계를 쓰지 않겠다고 마음먹었다면 최소한 1월부터는 차근

차근 준비해놨어야 했다. 그러나 난 3월 중순이 넘어서야 씨감자를 준비했다. 남들이 다 사가고 남은 씨감자를 가져오니 종자부터 남달리 형편없었다. 옛말에 '난 놈은 떡잎부터 다르다'고 했다. 이 말은 반대로도 성립했다. 종자가 글러먹으면 열매도 볼품없을 확률이 아주 높았다. 배수가 불량한 토양에 종자부터 글러먹은 감자를 심었으니 감자 농사가 잘될 리 없었다. 보통 농사꾼들은 감자 1박스를 심으면 10박스의 감자를 거둬들였다. 그러나 나는 감자 2박스를 심고 3박스를 거둬들였다. 2017년을 흉작으로 시작했다.

그나마 고추와 가지는 상황이 좋았다. 옆 마을에 사시는 종란 선생님의 토종 씨앗을 받고 모종도 받아 땅에 심었다. 고추와 가지는 5월에 심는데 감자의 망조를 본 후였기에 조금 정신을 차린 터라 아주 심한 흉작은 면할 수 있었다. 그러나 겨우내 지줏대를 준비하지 않았던 나는 고추와 가지를 땅바닥으로 기어 다니게 키웠다. 당연히 수확은 형편없었다. 미리 자재를 준비하지 않았으면 사서라도 작물을 보살펴야 했다. 그러나 알량한 탈석유 망상에 갇힌 나는 그것마저도 하지 않았고 처참히 실패했다.

아집의 결정체는 직파 벼농사였다. 지난해 모내기가 여러모로 고역이었던 터라 모내기를 하지 않고 벼농사를 지을 수 있는 방법을 찾았다. 그러던 중 충남기술센터를 중심으로 직파 벼 재배가 상용화 단계에 이르렀다는 자료를 접했다. 직파해서 생산량을 유지할 수 있다면 벼농사에 들어가는 노동력을 획기적으로 줄일 수 있었다.

그러나 그것은 농약을 친다는 전제하에 실행되는 농법이었다. 나는 듣고 싶은 것만을 취사선택해서 정보를 모았다. 직파 벼 재배가 노동력 절감으로 이어지기 위해선 농약이 함께해야 한다는 사실을 무시했다. 세상에 쉽게 탄생하는 걸작은 없다. 난 그 당연한 섭리를 외면했다. 결과는 풀에 쩔어버린 벼와 쌀 한 톨을 건지지 못한 700평 논이었다.

너멍굴 농민의 천적,
고라니와 멧돼지

농민에게는 3적이 있다고 했다. 1적은 씨앗과 작물을 병들게 하는 벌레요, 2적은 작물의 밥상을 뺏어 먹는 풀이요, 3적은 다 자란 작물의 알맹이를 거둬 먹는 산짐승이다. 그중에서도 너멍굴에서 가장 흉포한 악당은 산짐승이다. 이전에는 골짜기에 사람이 살지 않았으니, 엄밀히 말하면 내가 짐승들의 영역을 무단 점거한 셈이다. 농사철이 되자 그들은 자신의 땅에 침입한 대가를 나에게서 혹독하게 받아냈다.

　　고라니는 세계에서 보호받아야 하는 멸종위기종으로 지정되었다고 한다. 그런데 우리나라 산천에는 골골마다 고라니가 번식을 못 해 안달이었다. 천적이 없으니 고라니는 그야말로 골짜기 어느 곳에서나 눈에 띄었다. 밭에 고라니가 좋아하는 작물을 심는 건 그들에게 밥상을 차려주는 일과 같았다. 친구들에게 보내줄 고구마가 무럭무럭 자라던 6월 어느 날이었다. 고라니 한 마리가 나와 눈까지 마주쳐가면서 고구마 잎을 먹는 것이 아니겠는가. 그래도 처음에는 함께 살아가자 여기며 자비심을 품었다. 그러나 녀석들은 한 마리 두 마리 서로 교대해가며 고구마 밭을 방문했다. 일주일쯤 지나자 고구마는 5월 초에 심어놓은 상태로 되돌아갔다. 난 고라니에게 나눠 먹자고 했지만 고라니는 그럴 생각이 없었다. 풀을 이긴다던 고구마는 고라니의 습격은 이겨내지 못했고, 결국 풀에 치어 사라졌다.

　　멧돼지는 사실 무서웠다. 녀석들이 사람을 받으면 1톤 트럭에 치이는 것과 같다고 마을 어르신들이 말했다. 마을에는 총을 다루는 포수가 둘 있는데, 겨울이면 밤마다 너멍굴로 찾아와 멧돼지 흔적을 찾았다. 그렇게 겨울 동안 총 소리가 밤마다 울려 퍼졌지만 막상 여름이 되자 멧돼지는 밭으로 돌아왔다. 멧돼지는 여느 산짐승보다도 압도적인 흔적을 밭에 남긴다. 멧돼지는 흙 속의 고구마나 다른 먹이를 찾아 가끔 이랑*을 뒤집어놓았다. 다행히 출현 빈도는 낮았지만, 녀석들이 한번 뜨면 밭은 경운기로 갈아놓은 모양과 비슷하게 변했다. 멧돼지는 내가 심어놓은 작물 중 그나마 된다 싶었던 고구마와 옥수수, 그리고 풀 속에 숨어 있던 벼이삭을 훑어 먹었고, 논의 풀에 누워 진흙 목욕을 한바탕 즐기고 갔다.

농산물 배달 대작전

✤

아무리 흉작이어도 친구들에게 약속한 농산물을 조금이나마 보내야 했다. 나는 '너멍굴 진수성찬'을 신청한 친구들에게 6월, 9월, 11월에 총 세 번 농산물을 보내주기로 약속했다. 흉작이라고 나오는 것이 아주 없지는 않으니, 거둔 작물이라도 야무지게 담아 보내기로 결심하고 준비에 들어갔다.

6월 중순이 되자 감자, 고추, 가지 그리고 바질을 약간이

---

* 이랑은 밭의 볼록 올라온 부분을 말하고, 고랑은 밭의 옴폭 들어간 부분으로 물과 사람이 지나가는 통로를 말한다.

나마 거둘 수 있었다. 거기에 우리 고산의 특산물이라는 양파와 마늘을 구매해 약간씩 담았다. 6월 꾸러미를 신청한 사람은 대략 30여 명 정도였다. 준비한 것을 나눠 담으니 한 명당 10킬로 그램도 되지 않았다. 비용이 들긴 했지만, 친구들의 얼굴을 한 번씩이라도 보고 싶었다. 간단하게 계산해보니, 직접 걸음마 1호를 타고 배달하면 택배 보내는 비용의 3분의 1 정도의 돈과 아주 많은 시간이 소요되었다. 노동력으로 돈을 대신하는 직접 배달은 처음에 계획했던 탈석유 정신에 훌륭히 부합하는 방법이었다. 그리하여 직접 배달 대작전을 개시했다.

당일에 수확한 농산물을 씻고 다듬어 상자별로 나눠 담으니 하루가 금세 지나갔다. 걸음마 1호는 시속 60킬로미터로 달리기 때문에 교통 혼잡을 고려해 밤에 출발해 새벽에 배달을 다니기로 했다. 그런데 30여 명 배달이 하루 만에 끝날 리 만무했다. 서울에 도착하면 친구들 집이 다 거기서 거기에 오밀조밀 있을 것으로 오판한 것이 배달 시간이 너무 오래 걸리는 요인 중 하나였다. 친구들의 얼굴은 스치듯 보거나 전화 목소리를 듣는 것이 다였지만 그래도 보람이 있었다. 30명에게 택배를 돌리는 데 3일이 소요되었다. 농산물을 포장해서 올라오는 시간과 내려가는 시간을 합치면 대략 5일 정도가 소요되었다.

정성을 다했던 배달이었으니만큼 받은 사람들이 양이

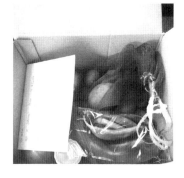

'너멍굴 진수성찬'
배달 대작전 현장 사진

적다거나 맛이 없다는 등의 항의를 하지는 않았다. 이후에도 흉작이 이어졌지만 9월과 11월에는 어떻게든 진수성찬을 보냈어야 했다. 그러나 배달 대작전 이후 본격적으로 시작된 영화제 준비와 체력의 급격한 저하 탓에 남은 두 번의 농산물은 당해에 배송되지 못했고, 다음을 기약하며 미뤄지게 되었다.

삽질의 미학

논, 삽질 그리고 영화께

✳

3인이면 세상을 만든다고 했다. 3인의 도원결의는 아무것도 없는 너멍굴에 풍파를 일으켰다. 건은 서울에서 영화 프로그램을 전담했고 지은은 행사를 조율하고 기획했다. 나는 상영장을 전반적으로 마련하기로 했다. 영화제는 모기의 습격이 덜해지는 9월 첫째 주 토요일로 정해졌다. 첫 영화제이니만큼 우리는 작은 것을 추구했다. 우리끼리 백만 원씩 모아 영상 장비를 대여하고 홍보물을 제작했다.

문제는 예상치 못한 곳에서 터졌다. 내가 생각했던 상영장은 감자가 익어가는 가장 위쪽 밭이었다. 그러나 건과 지은은 밭이 너무 작다고 했다. 그 아래 논을 상영장으로 하는 것이 어떠냐고 제안했다. 벼가 제대로 자라고 있다면 불가능한 이야기였겠지만 직파된 벼는 풀에 치여 제대로 자라지 못했다. 오히려 흉작이 영화제에는 넓은 부지를 제공해주었다.

문제는 또 있었다. 그 땅은 물이 계속 들어가는 논이었다는 점이다. 일단 부지 대타협을 한 그날부터 물이 들어가지 못하게 막고 배수로를 팠다. 영화제 때까지 물이 빠지고 땅이 마를지는 장담할 수 없었다.

아무렇게나 좌판을 벌이려고 했던 나는 부랴부랴 땅을 말리고 조명을 준비했다. 건과 지은도 굿즈와 프로그램 등으로 준비할 일이 태산인 모양이었다. 건은 커진 판을 운영하기 위해 자신의 친구들에게 영화제 스태프를 제안했다. 그들은 너멍굴의 일꾼이라는 의미로 '너멍꾼'이라 불렸다. 십수 명의 너멍꾼이 영화제를 돕기 위해 전국 각지에서 모여들었다. 그들은 영화제 부지가 잘 마를 수 있도록 물이 차 있는 논으로 들어가 삽질을 했다. 그들이 몸을 사리지 않고 뻘밭을 삽질하지 않았더라면 아마 장화를 신고 선 채로 영화제를 진행했을 것이다. 하늘은 우리의 삽질에 감동하셨는지 영화제 일주일 전부터 마르고 쨍한 햇볕을 선물했다.

군의 지원이 결정된 것은 부랴부랴 영화제를 준비하던

여름날이었다. 작은 영화제였기에 군청에서 지원하는 간이화장실이나 돗자리 같은 것들이 아주 요긴하게 사용되었다. 지원은 물적인 것에만 그치지 않았다. 군수가 영화제에 흥미를 보였다. 응원의 메시지가 수화기를 통해 전해지고 나서 얼마 후, 군의 수장이 영화제 당일 방문을 약속했다. 군수가 온다는 것은 지역에선 대통령이 참석한다는 것과 같은 뜻이다. 그때부터 이장과 고산면 면장도 연달아 참여 의사를 타진해왔다. 마을 사람들은 사람이 살지 않는 골짜기에 군수가 온다며 시끄러운 분위기였다. 너멍굴 영화제는 이때부터 '1회'라는 말이 무색해질 정도로 커져버렸다.

급작스러운 준비치고 행사가 성황리에 끝났다. 행사 당일 땅은 잘 말라 있었고, 관객도 이색적인 캠핑 영화제에 혹평을 남기지는 않았다. 기대보다 너무나 성공적이었던 나머지 2회 영화제를 더 잘해야 한다는 압박을 받았다.

탈석유 영화제를 꿈꾸다

✳

2018년이 되자 너멍굴은 농사보다 영화제 준비로 더 분주해졌다. 영화제를 준비하는 너멍꾼의 숫자는 1회보다 늘었고,

너멍굴 영화제
리플릿

모여든 너멍꾼들은 내실 있는 영화제를 만들자며 속에 담아뒀
던 각자의 이상을 영화제에 녹여내려고 노력했다. 그러한 우리
의 북적거림은 군청의 예산 지원이 증가한 것과 연관이 깊었다.
첫해에는 여름에서야 소식을 듣고 영화제를 지원해준 군청에서
아예 새해 예산안에 1000만 원 정도의 예산을 편성했다.

영화제 내실화는 홍보와 외부인 유입에 초점이 맞춰졌
다. 목표 관객 수도 작년의 두 배가 넘었다. 나는 기왕 이렇게 큰
행사로 된 김에 너멍굴에 필요한 생태화장실을 짓고, 조금 더 환
경 친화적인 영화제가 되길 바랐다. 다들 이러한 취지에 공감하
고 적극적으로 움직였다. 그 덕분에 영화제 준비 과정에서 예초
기로 풀을 베기보단 사람이 직접 낫으로 무대를 정리했고, 되도
록 일회용품 사용을 자제하려는 시도가 이어졌다. 생태화장실

건설도 군청의 늘어난 예산 덕택으로 순조롭게 진행될 수 있었다. 거기에 비닐 돗자리 대신 목재 파레트를 빌려 텐트촌을 만들자 작년보다 비닐, 화학제품을 비롯해 버려지는 것들의 사용이 눈에 띄게 줄어들었다.

영화제가 커지니 농사짓기가 현실적으로 불가능했다. 영화제 일정에 맞춰 필요한 무대 준비를 마치려면 파종 시기를 지켜 씨를 내는 것조차 어려웠다. 그래도 다 함께 하는 영화제 준비는 즐거웠다. 무언가 무에서 유를 창조하는 느낌마저 들었다. 기왕 이렇게 된 거 봄 농사는 깔끔하게 포기하고, 영화제 뒤에 있을 가을 농사를 야무지게 지어보자는 쪽으로 마음을 잡았다.

마음을 정리하니 시간은 한결 여유로웠다. 건강을 망치면 아무것도 할 수 없다는 사실을 두드러기와 엉덩이에 걸린 담을 통해 확실하게 머릿속에 각인한 후였다. 여유로운 시간은 추가 노동이 아닌 휴식과 여가로 이어졌다. 내려와서 2년간 못 하던 수영도 다시 시작했다. 틈틈이 책과 라디오를 가까이 했다. 여유로운 마음은 영화제 준비에 큰 도움이 되었다. 무리해서 일정을 잡지 않으니 영화제는 순조롭게 준비되었다. 이대로만 간다면 무리 없이 2회 너멍굴 영화제도 성황리에 마칠 수 있겠다는 생각이 들었다.

모든 것이 뜻대로 된다면 얼마나 좋겠는가. 하필 영화제를 앞두고 비가 잦았다. 절기상 백로가 지나야 하늘이 청명해지고 아침저녁으로 쌀쌀한 기운이 밀려온다. 2017년에는 백로 뒤에 영화제 날을 잡아 청명한 하늘과 잘 마른 땅에서 축제를 열 수 있었다. 그런데 2018년 영화제 날짜를 절기 기준이 아닌 작년 양력 날짜에 맞춘 것이 화근이 되었다. 당시 9월 첫 주 토요일은 백로가 한참 남은 시점이었다. 처서와 백로 사이의 기간에는 비가 오는 날이 많다. 실제로 영화제 하루 전까지 비가 내렸다. 다행스럽게도 전년보다 공간이 잘 정비되어서 행사 하루 전에 비가 그치자 무대를 꾸며 영화제를 열 수 있었다.

불과 1년 만에 관객은 세 배로 늘었다. 수백 명이 참가하는 영화제는 이미 우리들의 작은 소란을 넘어 지역의 제법 큰 축제가 되고 있었다.

욕망은 땅을 단단하게 한다

꿈과는 멀었던 현실

❋

농사만 지어선 먹고살 수 없다고 내가 만나는 모든 사람
이 말했다. 가랑비에 옷이 젖듯 모두가 한결같은 소리를 하자 나
도 그 말에서 흉작을 합리화하고 있었다. 농사로는 안 된다. 다른
돈벌이를 찾아야 한다. 그렇게 나를 찾는 일이라면 무엇이든 했
다. 농사를 짓기 위해 말이다.

그렇게 이 일 저 일을 하다 완주군 블로그 관리를 맡게
되었고 그곳 사람들은 나를 진 과장이라고 불렀다. 진 과장. 대학
시절 별명이었다. 시골로 내려간다고 했을 때, 산골에 집을 짓고
무릉도원을 건설하겠다고 했을 때, 가장 가까운 사람들은 웃으

며 나를 허황된 말을 늘어놓는다 하여 '진 과장'이라 불러주었다. 완주에서 다시 그 별호를 마주하자 신선했다. 벌이도 쏠쏠했다. 번 돈으로 농자재를 사고 친구들이 오면 맛있는 것 먹고 영화제를 열었다. 그런데 날이 서늘해지자 농사는 시늉이었고, 진 과장이라는 호칭만 남았다.

　　　육체로 이룩한 노동은 신성하다고 배웠다. 가끔 밭에 나가 농사일을 하고 흙 묻은 신발을 신고 돌아다니면 괜스레 자랑스러웠다. 그런데 그 흙 묻은 신발을 신고서는 가지 못할 곳을 다니고 있었다. 깨끗한 관공서나 사무실에서 사무를 보는 사람들은 나의 흙투성이 복색을 신기하게 보았다. 시선이 반복되자 마음에서 흙에 대한 부끄러움이 일었다. 몸으로 노동하는 자가 노동하는 자신을 부끄러워하게 된 것이다. 자기 부정의 결과 자존감은 바닥으로 떨어졌다. 나는 왜 아무도 모르는 완주로 왔던가. 양복을 입고 혀를 놀리며 살려고 이 머나먼 타향으로 왔던가.

　　　생존에는 돈이 필요하다는 오래전부터의 학습이 있었다. 주변에선 이것을 현실 감각이라 불렀다. 나의 귀농은 말만 이상적이었다. 행동은 현실을 벗어나지 못했다. 농사를 위해서라고 말하며 돈을 벌었다. 그 돈으로 씨를 뿌렸지만, 돈을 버느라 풀을 잡지 못했고 결실을 거두지 못했다. 농민이 농사를 짓기 위해 다른 일을 업으로 삼다 발생한 일이었다. 문전옥답을 꿈꾸고 너멍굴에 들어갔지만, 너멍굴에 있는 시간은 하루 4시간을 넘지 않았다. 현실 감각으로 말미암아 나의 자본은 불었지만 욕망의 크기도 같이 늘었다. 사람이 먹고살기 위해 얼마의 돈이 필요한가? 왜 농민이 농사로 돈을 벌지 못하는가? 자괴감과 욕망이 뒤섞인 질문이 꼬리를 이었다.

땅이 단단해지고 있다

✳

2회 영화제가 끝나고 밭을 돌아보며, 나는 당황했다. 처음 내가 들어왔을 때, 20년의 유기농업을 실천한 이 땅은 옥토였다. 흙은 부드러웠고 촉촉했다. 기술센터에 흙을 들고 가 토양 검정을 의뢰하면 유기물 함량이 높고 양분이 많아 지력이 좋은 땅이라는 결과가 나왔다. 그러나 내가 들어오고 단 2년 만에 땅이 단단해지고 있었다.

단단해진 땅은 비가 오면 진흙이 되었고 마르면 갈라졌다. 급히 땅을 뒤집고, 풀을 덮어 흙을 부드럽게 만들려고 시도했다. 하지만 땅은 이미 무대와 캠핑장으로 사용된 터라 단단했다. 기계로 윗부분만이라도 갈아볼까 생각했지만 미봉책에 불과했다. 땅을 살리는 근본 대책이 필요했다.

한번 망가진 농토는 원래의 흙으로 돌아가는 데 오랜 세월이 걸린다. 그래서 유기농업을 꿈꾸는 사람들은 자신이 경작하기 전에 유기농업을 오래 했거나, 하다못해 작물을 오랫동안 심지 않아 지력이 조금이라도 살아난 땅을 선호한다. 나는 유기농업을 하는 사람들 모두가 찾아 헤매는 땅을 손쉽게 얻었다. 다만 너무 쉽게 얻어서 그 소중함을 몰랐다. 지금이라도 땅을 살려야 탈석유 농법이든 유기농업이든 할 수 있었다.

처음 영화제를 했을 때 건과 지은 그리고 나는 공식적으로 3회까지는 해보자고 약속했다. 그러나 한 번 더 영화제를 열면 땅은 아주 망가질 것이 자명했다. 한 사람이 딛는 발걸음은 별것 아니지만 수백 사람의 걸음은 달랐다. 그것은 마치 트랙터가 땅을 밟아 경반층*을 형성하는 것과 비슷한 효과를 냈다. 친구와 한 약속은 소중했지만 수십 년을 가꾼 농토가 망가지게 둘 수는 없었다. 결국 나는 영화제에서 빠졌다. 남은 너멍꾼들과 아이들은 장소를 바꿔서라도 끝까지 영화제를 만들어보겠다고 했다. 가는 길이 너무도 다르니 끝까지 함께하지 못해 미안했지만, 보

---

*　표토 아래 단단하게 눌려 형성된 딱딱한 토양층. 보통 트랙터로 밭을 갈면 겉표면 20cm 남짓한 토양은 아주 부드럽게 되지만, 트랙터가 누르고 지나간 아래층은 단단하게 굳어 경반층을 형성한다. 이러한 경반층이 형성되면 작물이 깊게 뿌리내리지 못해 재해와 병충해에 약해진다.

두 차례의 너멍굴 영화케는 청공척이었지만,
온갖 멋있는 걸 다 하겠다는 욕망이 땅을 망가드렸다.

이지 않는 곳에서 응원할 수밖에 없었다.

나는 농사꾼이다

결국 모든 것은 나의 욕망이었다. 농사꾼만이 아니라 멋진 무언가를 다 해보고 싶었던 것이다. 농사는 제대로 짓지도 못하면서 이것저것 판만 벌렸다. 농사를 지으려고 땅을 샀다. 큰 빚

을 내서 말이다. 그러나 막상 지주가 되자 여기저기 기웃거리기
나 하며 정작 애초의 목적을 잊었다.

영화제가 반복되자 마을 사람들은 나를 농사짓는 청년
이 아니라 골짜기에서 영화제를 여는 사람으로 기억했다. 산 밑
의 다른 사람들을 만날 때에도 언젠가부터 난 농사꾼이 아니라
문화기획자로 불렸다. 장화에 묻은 흙은 일종의 코스프레로 전
락했다. 약속이 생겨 깨끗한 사무 공간에라도 갈라치면 흙은 부
끄러움이 되었다. 땅을 사며 친구들에게 강매했던 '너멍굴 진수
성찬'은 농사를 지은 지 2년이 지나도 다 보내지 못했다. 농장 밖
에서 이름을 알릴수록 본래의 뜻이었던 농업은 멀어졌다.

현실은 '모든 것을 다 하고 싶다'는 이상에서 멀리 있었
다. 몸은 하나이고 내가 할 수 있는 일과 쓸 수 있는 시간은 정해
졌다. 포기할 것은 과감히 놓아버리고 선택하고 집중해야 할 시
점이었다. 지금 풍년이 들지 못했다고 해도 나의 목적은 농사다.
그 속에서 삶의 중심을 잡아나가야 했다. 나는 농사 이외의 모든
활동을 정리하기로 했다. 일찌감치 그렇게 해야 했던 일을 너무
늦게 시작한 꼴이었다. 완주로 내려온 지 3년이 지나서야 나 자
신의 주제를 명확히 인식했고, 농사꾼으로 나아가는 길의 중심
을 다시 잡을 수 있었다.

4장

농사꾼이 되자

오로지 땅에만 매달렸다. 석유를 먹고 자라는 게 아닌 사람의 노동을 먹고 자라는 작물을 만들고 싶었다. 노동이 치열해질수록 땅은 즉각적으로 변했다. 질퍽하던 논흙은 포슬포슬한 떼알 구조로 변했고, 작물은 뿌리를 깊게 박고 풀과 벌레를 이기고 열매를 맺기 시작했다.

처음처럼

농토 재건

철길텃밭으로 돌아가자. 너멍굴 농장은 사실상 철길텃밭을 열여덟 배 늘려놓은 것일 뿐이다. 처음 완주에 내려와 얻은 첫 땅인 철길텃밭을 얼마나 애지중지 다뤘는가. 철길텃밭 100평은 흙 한 덩이 한 덩이가 눈에 밟혀, 보드랍게 부수고 추우면 낙엽을 덮어주고 더우면 물을 줘가며 가꿨다. 그런데 너멍굴 농장은 땅이 넓다는 이유로 방치하고 거칠게 다뤘다. 마음가짐을 바꿔야 했다. 너멍굴 1800평도 철길텃밭의 땅과 같다. "트랙터가 없으니까. 예초기가 없으니까"라는 변명은 집어치우기로 했다. 다시 정신을 무장하고 텃밭 농기구를 꺼냈다. 쇠스랑과 낫과 라이터를 말이다.

방치된 땅에는 풀이 사람 키만큼 자라 숲을 이뤘다. 유기
농 20년이라는 의미는 쉽게 말하면 농약 없이 풀씨를 20년 동안
땅에 받아두었다는 소리다. 우리가 잡초라고 부르는 풀의 씨앗
은 한번 땅에 떨어지면 짧게는 7년, 길게는 50년 살아남는다. 그
들은 땅속에서 깊은 잠을 자다가 농부가 호미질을 멈춘 작물이
없는 땅에서 여지없이 솟아 올라왔다. 죽지 않고 1년을 자라면
사람 키는 우습게 제쳐버렸다. 내가 들어온 지 2년이 된 너멍굴
농장은 무자비하게 자라난 풀이 단단해진 1800평 땅에 펼쳐져
있었다.

제일 먼저 낫을 들었다. 일단 풀을 거둬내야 했다. 사람
키를 넘긴 풀을 호미로 뽑다간 손톱이 다 빠져버릴 것이다. 한 줌
씩 쥐고 낫으로 풀을 베었다. 다행히 가을에 하는 풀베기는 수월
했다. 풀은 베어도 뽑아도 다시 자라난다. 풀의 성장을 멈추는 것
은 오직 차가운 바람뿐이다. 가을바람은 오곡을 익히며 내가 벤
풀을 서서히 죽였다. 그렇게 세 달 정도 낫질을 반복하니 농장의
흙이 드러났다.

베어놓은 풀은 씨앗을 잉태하고 있다. 가을이 되면 곡식
만 익어가는 게 아니다. 여름내 작물을 괴롭히던 풀도 찬바람이
불면 곡식처럼 씨앗을 만든다. 베어내도 풀은 씨앗 만들기를 멈

쇠스랑을 들고 작업하는 모습

추지 않는다. 베어내면 밑동에서 씨만 다시 열린다. 그들은 낫질에도 죽지 않고 자손을 이어간다. 질긴 놈들과의 사투에서 이기려면 그들에게는 없고 오직 우리 인간에게만 있는 무기를 사용해야 한다. 바로 불이다. 낫질을 하고 나서 인류를 반석 위에 올려놓은 최고의 발견, 불을 댕겼다.

인간의 불은 부싯돌에서 성냥으로 그리고 라이터로 이어졌다. 최고의 발명품을 손에 쥔 나는 풀씨가 두렵지 않았다. 풀을 군데군데 모아놓고 라이터를 들었다. 쏙탁. 현대인의 부싯돌은 조용히 모든 풀씨를 한 줌의 재로 만들었다.

아직 끝나지 않았다. 이제부터가 농사의 시작이다. 철길텃밭은 최소한 밭의 형상, 즉 이랑과 고랑과 배수로가 있었다. 그러나 너멍굴 농장은 20년 전부터 논으로 사용되던 곳이다. 평평한 논을 작물이 자라날 수 있는 밭으로 만드는 일이 남았다. 배수로를 파고 쇠스랑을 들어 이랑과 고랑을 파냈다. 이게 '사람의 손으로 밭 만들기'의 꽃이라 할 수 있다. 요령은 3년 전 철길텃밭에서 할머니들에게 배운 스냅과 리듬감이 전부였다. 그 이상의 해법은 없었다. 그냥 목표한 면적을 끝낼 때까지 쇠스랑질을 계속할 뿐이었다. 영화제를 멈춘 그해 가을과 겨울, 무려 6개월을 나는 농토 재건에 매달렸다. 시간이 지나 다시 봄이 올 쯤 너멍굴에는 1000평 정도의 개간된 땅이 만들어졌다.

감자밭 200평

✳

씨감자를 다시 샀다. 강원도 친환경감자작목반에서 키운 씨감자 40킬로그램. 철길텃밭에서는 4킬로그램를 심었으니, 딱 열 배였다. 감자를 키우는 원리는 3년 전 철길텃밭에서 배웠다. 이제 실전이다. 씨감자를 심는 것으로 너멍굴 농장화에 다시 돌입했다.

감자를 받아 때가 오길 기다렸다. 늦가을에 주문한 씨감자는 가장 따뜻한 장소인 벽난로 앞에서 겨울을 났다. 감자는 동해를 입으면 싹이 잘 트지 않는다. 8월에 심어 11월에 나온 감자를 잘 보관해 겨울을 지내고 그것들을 봄에 다시 심어야 한다. 밭을 만들며 시간은 빠르게 흘러갔다. 3월이 되면 감자들은 어둠 속에서도 때를 알았다는 듯 싹이 날 것이다.

　　겨울을 무사히 보낸 씨감자가 싹을 틔웠다. 볕 좋은 날을 골라 감자를 밖으로 내었다. 감자는 볕을 보면 우리가 부엌에서 흔히 보았듯 초록 빛깔로 변한다. 그때 감자의 싹 난 부분이 골고루 들어가도록 2~3등분 한다. 자른 면에 재를 바른다. 재는 흙 속 바이러스와 벌레로부터 감자를 지킨다. 철길텃밭에서 그토록 뿌리라고 훈계를 들었던 농약도 재와 같은 역할을 한다. 무자본 농법을 선택한 나는 돈 들여 사는 농약 대신에 겨우내 추위와 싸우는 동안 만들어진 나무 재를 활용했다. 재를 바르고 3~4일 말리면 감자는 겉표면이 꾸덕하게 변한다. 씨감자가 준비된 것이다. 절기로는 춘분 즈음 밭에 호미 하나 간격으로 씨감자 한 알씩 심는다. 매년 3월 24일인데, 이번에는 3월 5일과 24일 두 번에 나눠 감자를 심고 결과를 관찰했다. 어차피 거름과 비료를 안 주면 조금이라도 땅에 오래 있어야 풀을 이기고 양분을 먹기에 좋기 때문이다.

　　나는 비닐 멀칭을 하지 않는다. 그렇다고 흙 위에 아무것도 하지 않으면 날이 따뜻해짐과 동시에 풀이 감자밭을 덮어버린다. 그럼 감자는 풀과 싸우며 알이 점점 작아진다. 방치하면 먹기에도 미안한 감자 몇 알이 수확의 전부가 된다. 게다가 아직 추운 3월 날씨에 흙이 그대로 노출되면 땅이 얼었다 녹으며 감자 싹을 괴롭힌다. 해결책은 무언가를 덮어주는 것이다. 기왕이면 주변에 널려 있고 땅에 보탬이 되는 것을 덮기로 했다.

겨울 산에서는 낙엽을 어디에서나 볼 수 있다. 낙엽은 봄이 되어 날이 따뜻해지면 습기와 함께 썩어 나무에 양분을 공급한다. 너멍굴에선 낙엽이 비닐의 대안이 되었다. 감자를 다 심고 주변 산에서 풀과 낙엽을 긁어 와 감자밭 위에 덮었다. 싹이 올라온 뒤에는 매일 밭을 돌며 감자보다 웃자란 풀을 정리하고, 날아간 낙엽을 다시 모아 덮고는 감자알이 차오르길 기다렸다.

노력한 만큼 나온다

✳

땅은 거짓말하지 않는다. 귀농 후 3년이 지나고, 네 번째로 지은 감자 농사는 내 생애 최초의 풍년이었다. 씨감자를 사는 것을 제외하곤 돈이 들지 않았다. 그럼에도 감자는 주먹보다 큰 것이 한 뿌리에 4~5개씩 주렁주렁 달렸다. 40킬로그램 씨감자가 200킬로그램을 넘는 보답으로 돌아왔다. '만 원의 행복학파' 이론이 증명된 것이다.

　　감자는 시작이었다. 지난 가을, 땅을 다시 가꿀 때 심은 마늘과 양파도 수확기에 이르자 튼실한 모습을 드러냈다. 물론 비료와 제초제 도움을 받은 놈들보다는 작았지만 부끄럽지 않은 결과물이었다.

　　마늘은 고산 지역의 토종 마늘인 고산흰마늘과 스페인에서 들여온 스페인마늘을 거뒀다. 스페인마늘은 인편이 많고 알이 크게 자라 농민들이 선호하는 품종이다. 스페인마늘 종자는 지난 가을, 고산에서 마늘 농사를 지으시는 농민의 밭으로 품을 팔러 가서 얻어왔다. 일반적인 농법으로 마늘 농사를 짓는 농민이었는데, 반나절 정도 밭에 비닐 씌우는 일을 도와달라고 했다. 일은 생각보다 쉬웠고 빠르게 끝났다. 돈으로 품삯을 받기엔 애매한 시간과 노동이었다. 그렇다고 안 받을 수는 없었다. "마늘 종자가 있으면 주세요." 그는 흔쾌히 종자 20킬로그램을 내주었다. 흰마늘은 고산의 토종 씨앗으로 이 지역에서 대대로 이어져 내려오는 종자다. 나는 이때 마침 공동으로 텃밭을 일구고 있었는데, 그곳에 고산흰마늘을 공동으로 심었다. 지역에 정착한 고산흰마늘은 아무것도 해주지 않아도 무럭무럭 잘 자랐다. 나중에 거둬보니 비료 준 마늘과 비교해도 손색이 없을 정도였다.

토종 가지인 쇠뿔가지와 진안에서 발견된 토종 씨앗인 진안토마토 씨앗도 얻어왔다. 3년 동안 제대로 거두지는 못해도 씨앗을 채종하고 심는 방법 정도는 익힌 터였다. 씨앗과 모종을 가져와 밭에 심었다. 첫해에는 열 주만 심어도 여름이 되면 관리를 못 해 허덕였다. 그러나 지금은 단위가 달라졌다. 가지는 400주, 토마토는 50주 심었다. 진안토마토는 처음 혼자 지어보는 터라 일단 씨앗만 받기로 했다. 쇠뿔가지는 이미 여러 해 경험해본 터였고, 수확하면 친구들에게 보내주기로 했다.

　　나무도 무럭무럭 자랐다. 과일나무는 너멍굴에 납입한 나의 연금보험 상품이다. 주로 사과나무, 매실나무, 토종 호두나무를 사다 심었다. 사과와 호두는 농약 없이는 열매가 자라지 않는 대표 품종으로 알려졌다. 그러나 처음부터 농약 없이 자라는 나무는 다르다. 처음부터 강하게 자라야 나중에 열매가 열리는 때가 되어도 강하다. 땅을 만들고 사과나무와 매실나무를 30그루씩 심었다. 매년 30그루씩 밭 가장자리에 심어 전체 밭을 과일나무로 채울 계획이다.

　　몸은 한계가 있다. 트랙터 없이 몸으로 농사지으면 육신이 축나는 건 시간 문제다. 노인이 되면 나도 농사를 기계로 짓지 않던 시대를 살았던 여느 할아버지 할머니 농민처럼 허리가 굽고 손가락이 휠 것이다. 그때도 감자를 심느라 쇠스랑을 들 수는

148

없다. 매년 열매를 주는 나무를 심는 까닭이다. 쇠스랑질 하다가 밭에서 쓰러져 죽고 싶지는 않으니까.

매실나무와 사과나무는 3년 뒤부터, 호두나무는 9년 뒤부터 열매가 열린다고 했다. 기다리는 동안 몸이 치러야 할 대가는 혹독하겠지만 시간은 나의 편이다. 쇠스랑질로 가꾼 밭에 뿌리내린 나무들은 벌레의 습격에도 끊임없이 잎을 틔우고 줄기를 키웠다. 나무들은 나의 근육을 먹고 자랐다.

너멍굴 영화제를 포기하며 많은 것을 바꿨다. 사람을 잘 만나지 않았고, 농장 밖의 일은 형편이 아주 힘들지 않으면 하지 않았다. 오로지 땅에만 매달렸다. 석유를 먹고 자라는 게 아닌 사람의 노동을 먹고 자라는 작물을 키워야 하니까. 노동이 치열해질수록 땅은 즉각적으로 변했다. 질퍽하던 논흙은 포슬포슬한 떼알 구조로 변했고, 작물은 뿌리를 깊게 박고 풀과 벌레를 이기고 열매를 맺었다. 길수 어르신이 말했던 "노력한 만큼 나온다"는 말이 완주에 내려온 지 3년이 지나서야 실천되고 있었다.

고통스럽지만 자유로운

3년의 시간

✳

이제 빚을 갚을 차례였다. 거둔 작물 중 가장 좋은 것들을 추려 진수성찬 회원들에게 보내기로 했다. 너멍굴 진수성찬을 기다리며 주문했던 친구들 중 절반 정도의 사람들이 '다음 해'에 보내주겠다던 농산물을 3년째 기다리고 있었다. 아무리 도와주는 셈치고 보내준 돈이라도 약속은 약속이다. 친구들은 별말 없이 기다렸지만 내 마음의 짐은 끊임없이 무거워졌다. 마음의 굴레를 끊어낼 시간이 다가왔다.

원래 진수성찬은 1년짜리 농산물 발송 꾸러미 프로젝트였다. 6월, 9월, 11월에 총 세 번 보내는 것이었는데, 첫해 6월분

밖에 발송하지 못했다. 그 후 2년이 지난 상황에서 9월까지 기다릴 여유는 없었다. 2019년에 나오는 농산물은 모두 진수성찬 꾸러미로 발송한다는 계획을 세웠다. 6월에 대풍을 맞이한 감자와 마늘을 거두고, 같이 자란 양파, 당근, 가지를 수확한 뒤 꾸러미를 발송했다. 직접 올라가기엔 시간이 부족했다. 넓어진 밭을 꾸리기 위해 택배로 보내야 했다. 택배 한 상자는 얼마 하지 않지만 모이면 꽤나 큰 돈이 든다. 하지만 어쩔 수 없었다. 포장된 너멍굴 진수성찬이 택배로 친구들에게 보내졌다.

　　시간이 지나 연락을 받은 친구들은 다행히 많이 분노하지는 않았다. 정확히 말하면, 분노한 사람들은 이미 연락이 닿지 않았다. 당연한 일이었다. 사람 관계가 만드는 게 어렵지만 잃는 건 아주 쉽다. 한 번의 실수나 감정의 엇갈림으로도 남처럼 소원해지고 만다. 이후 작물을 수확하면 그냥 보냈다. 그래도 받아주는 사람들이 있어 기뻤다.

　　우정을 담보로 땅을 샀지만 인연의 절반이 이 탓에 사라졌다. 물론 한 사람의 노력과 시간은 한계가 있으니 매 순간 선택해야 한다. 결국 너멍굴 진수성찬은 그런 선택들 중 가장 효과적인 한 수였지만, 아쉬움이 가장 많이 남는 수이기도 했다. 가장 좋은 것만 주어야 유지되는 것이 사람 관계인데, 믿음을 대가로 나의 토지를 편취했으니 말이다.

토종 고춧가루 110근

✳

너멍굴의 가장 큰 변화는 고추 농사를 본격적으로 하면서 생겨났다. 내가 하는 무자본 농법과 토종 씨앗 농사의 장점을 최대한 끌어올리는 농산물을 생산해야 다른 이들이 찾는 상품을 만들 수 있다. 상품을 만들어야 생활비를 벌고, 나라에 진 빚도 청산하지 않겠는가. 고민하던 중 옆 마을에 사는 농사꾼 이종란 선생님에게서 희망의 이야기를 들었다. "토종 종자로 만드는 고춧가루는 맛이 좋다." 종란 선생님은 자연 농법으로 토종 종자를 이어오는 농민이었는데, 이 농법과 종자가 나를 사로잡았다. 나의 무자본 농법과 선생님의 자연 농법은 사실 방법적으로 거의 차이가 없었다. 거기에 선생님이 해마다 모아놓은 토종 종자들 중 상품성이 꽤 있는 종자가 몇 종류 있었다. 나는 선생님의 뜻에 따라 토종 고춧가루를 생산해보기로 했다.

선생님께서 완주에 정착시키려는 토종 고추 종자는 다섯 종류였다. 칠성초, 음성재래, 수비초, 금패향각초, 청룡초다. 각 종자들은 맛, 크기, 생장 방식이 모두 달랐다. 칠성초는 맵고 병충해에 강하지만 크기가 작았고, 음성재래는 크기가 크고 맛이 달지만 병충해에 약했다.

2017년부터 선생님을 따라 고추 농사를 짓기는 했지만

'아기들 소꿉장난'에 불과했다. 이제는 제대로 수익을 낼 종자를 큰 면적에 기르려고 하니 종자 선택부터 고민이 됐다. 어떤 종자가 너멍굴의 기후와 나의 노동에 맞을 것인지 고민한 끝에 과육이 큰 음성재래종을 키우기로 결정했다. 비닐 멀칭을 사용하지 않고 비료와 농약을 주지 않는다면 일반 농산물의 10분의 1로 수확이 줄어든다. 압도적으로 줄어든 생산량을 조금이라도 큰 과육으로 매워야 했다.

모종 몇천 주를 돈 주고 사려면 수십만 원이 든다. 땅만 있는 거지 신세를 면하지 못한 내 사정을 아는 종란 선생님이 이렇게 제안했다. "모종 농사를 돕고, 필요한 고추 모종을 가져가는 것은 어떤가?" 고추모종은 2월부터 5월 중순까지 하우스에서 애지중지 키운다. 별것 아닌 것 같지만 내가 농사를 배우는 수년 간 가장 처참하게 실패했고, 엄두조차 못낸 것이 바로 모종 농사다. 선생님의 제안은 모종 농사를 눈앞에서 배우고 익힐 수 있는 천운이었다. 나는 기쁜 마음으로 모종 농사 수업에 임했다.

세 달이 지나고 모종이 땅으로 나올 때가 되었다. 토종 모종은 시장에서 나오는 것들보다 키는 작았지만 더 단단했다. 세 달간의 배움 뒤에 나는 음성재래 모종 1000주를 받았다. 2019년 4월 30일 모종을 밭에 심었다. 일반 농법으로 농사지으면 모종 한 주에 한 근의 고춧가루를 얻을 수 있다고 했다. 그러니 나의 무자본 농법은 열 주에 한 근이 나온다는 계산이었다. 1000주를 심었으니 목표는 100근으로 잡았다.

낙엽을 덮어주고 운 좋게 공짜로 얻어 온 친환경 퇴비 열 포를 고추 옆에 한 줌씩 놓았다. 전체 면적에 퇴비를 줄 수 없으니 꼭 필요한 곳에만 주었다. 모든 고추 모종에 다 주는 데 두 포가 들었다. 퇴비는 처음 모종을 심을 때와 장마가 지나간 후에 두 번 주었으니, 20킬로그램짜리 퇴비 총 네 포의 거름이 들어갔다. 풀은 모종이 정착하고 난 5월 말과 장마철인 7월 초, 가을의 문턱인 9월 초 세 번 베었다. 고추가 풀에 치이지 않고 햇볕을 쬐면 열매가 익었다.

물론 생산되는 고추의 절반 정도를 애벌레, 쥐, 새에게 바쳤다. 함께 사는 동물에게 바치는 일종의 조공인 셈이다. 그들은 조공을 참 많이도 요구한다. 만족을 몰랐다. 하지만 모두 한철이었다. 애벌레는 성충이 되고 다시 알을 낳을 때까지는 고추를 먹지 않았다. 쥐도 날이 선선할 때 풀을 베어주면 땅속에 숨어들었다. 여름이 지나고 찬바람이 불 때면 모두들 부른 배를 두드리며 나에게 빨간 고추를 양보했다.

심고 거두기까지 남들은 네 달이면 끝내는 고추 농사를 나는 일곱 달 동안 지었다. 토종 종자가 원래 늦게 익기도 했고, 내 농법에 따라 마지막까지 수확을 이어가야만 목표한 생산량

토종 고추. 육체를 무자비하게 갈아마셨
지만 맛의 3요소를 모두 충족했다.

에 도달할 수 있었다. 결국 나는 서리가 내리는 11월이 되어서야
고추 농사를 끝냈다.

고생한 보람은 충분했다. 목표한 100근을 넘어 110근
의 고춧가루가 나왔다. 성공이었다. 생산된 고춧가루의 맛도 훌
륭했다. 농산물의 맛은 세 요소에 따라 달라진다. 종자, 재배 방
법, 신선도(철). '무자본 농법'으로 생산되는 토종 고춧가루는 육
체를 무자비하게 갈아넣은 덕인지 맛의 3요소 모두를 충족했다.
토종 종자는 생산량을 위해 개량된 품종들이 못 내는 맛을 주었
고, 무자본 농법은 흙 속 깊은 곳에서 뽑아 올린 양분을 고추가
품게 했다. 거기에 비닐을 치지 않고 끝까지 고추를 따서 말린 덕

분에 추워지는 계절에 맞춰 몸을 덥히는 맵고 알싸한 고춧가루를 만들 수 있었다. 음성재래 고춧가루는 첫 맛은 달고 끝 맛이 맵다. 무엇보다 소금 간이 된 것 같은 맛이 난다.

진수성찬을 넘어

✳

사람들에게 진 빚을 얼추 청산하니 마음이 가벼웠다. 그 후 앞으로 농민으로 정착하는 현실적인 방법을 고민했다. 친구들의 호의에 기대서 농사를 짓기엔 팔아야 할 농산물의 양이 어마어마하게 많았고, 생활에 필요한 돈도 많이 들었다. 지금까지 키운 여러 종자는 텃밭을 조그맣게 꾸려 자급하는 용도로 사용하고, 주력 작물을 정해 시장에 상품으로 내놓기로 했다.

과일나무들은 열심히 자랐지만 시간이 필요했다. 그러나 그 시간을 기다리며 다른 일을 하기엔 이미 농사의 맛을 알아버렸다. 이 고통스럽지만 자유로운 기분은 다른 이에게 머리를 조아리며 돈을 받아서는 결코 느낄 수 없었다. 과일에 의존하며 시간을 보내기엔 이미 쏠려버린 마음을 되돌릴 수 없었다.

닭도 조금씩 방목해 자연 수정하면서 수를 늘렸다. 처음에 청계 암수 한 쌍을 데려와 2년을 키우니 열 마리 정도가 되었다. 닭도 주력이 될 수 있었지만 인공적으로 사료를 지급하지 않고 부화기를 사용하지 않으면 수를 늘리는 데 오랜 시간이 걸릴 터였다. 결국 남은 것은 한해살이 밭작물이었다. 이들 중에 소득이 되는 주력 작물을 고르기로 했다.

토종 고춧가루는 당연히 목록에 올랐다. 고추 농사는 어렵지만 그만큼 성취감이 컸다. 그리고 이런 농법으로 재배되는 농산물이 없으니 생산량을 늘릴 수만 있다면 충분한 소득을 올릴 수 있었다. 여러 토종 종자 중 음성재래와 칠성초를 주력으로 삼기로 했다. 다음 해부터는 모종 농사부터 채종까지 모든 과정을 너멍굴에서 하기로 했다.

모종 농사를 할 작은 하우스가 필요했다. 하우스에 들어가는 비닐은 유리온실로 대체하기 전까지 몇 년간만 사용하기로 했다. 처음부터 유리온실을 지으려니 비용이 너무나 부담스러웠기 때문이다. 열 평짜리 하우스용 비닐을 사는 데 6만 원이 들었다. 하우스 대를 살 돈도 모자랐다. 역시 돈이 없을 땐 몸을 갈아 넣는 방법이 효과적이다. 내가 사는 마을에는 제법 굵은 대나무가 많이 있다. 산으로 올라가 대나무를 베었다. 대나무를 이용해 하우스 대를 만들고 비닐을 덮었다. 일주일이 넘게 걸렸지만 비용을 혁신적으로 줄일 수 있었다.

두 번째 작물로 마늘이 선정되었다. 마늘 중 고산에서 자라는 토종인 고산흰마늘을 선택했다. 물론 지난해 지은 스페인마늘도 병행하기로 했다. 그러나 흰마늘 종자가 충분히 확보되면 스페인마늘을 단계적으로 줄여갈 참이었다. 우리나라는 마늘을 많이 먹는다. 전 세계 농작물 생산에서도 대한민국은 다섯 손가락 안에 들 정도로 마늘을 많이 생산한다. 그러니 우리나라 각 지역마다 토종 마늘이 있는 것은 어쩌면 당연한 일이다. 지역의 기후에 맞는 마늘을 심어야 비료와 비닐 없이도 튼튼한 마늘을 생산할 수 있다. 다행히 나에게는 고산 지역에 딱 맞는 종자가 있었다. 이제 이 마늘에 맞는 최적의 시기와 농법을 찾아내기만 하면 되었다.

마지막으로 들깨를 주력으로 삼기로 했다. 들에서 나는 깨라는 이름처럼 들깨는 습기와 풀을 무서워하지 않고 어디서나 자라난다. 풀을 이기는 몇 안 되는 작물이다. 거기에다가 들깨를 심으면 뿌리가 흙 속으로 깊게 들어가 겨우내 썩으면서 토양을 뒤집는 효과를 내 땅을 비옥하게 한다. 경운을 하지 않으면 흙을 뒤집는 효과를 지닌 작물을 윤작해야 한다. 들깨는 이러한 요구 조건에 딱 들어맞는 작물이다.

6월 초, 마늘을 거둔 땅에 들깨를 뿌리고 이듬해 그 땅에 고추를 심는다면 지력의 소모를 줄이면서 생산을 유지할 수 있었다. 털어낸 들깨는 기름으로 짜서 팔기로 결정했다. 올해 밭에서 자란 들깨를 잘 갈무리해두었다. 5킬로그램 정도 되는 많은 양이라 1800평에 심기에 넉넉한 씨앗이 이미 준비된 것이다.

농사꾼의 몸

✳

수년의 실패가 쌓이며 나의 몸이 농사꾼의 몸으로 변해갔다. 주력 작물 선정만큼 반가운 일은 그것을 실행할 몸뚱아리가 준비되는 것이었다. 아무리 쉬운 일도 적응하는 데 시간이 걸린다. 더구나 농사는 1년에 한 번밖에 '연습'할 수 없다. 연습이 반복되어 몸에 녹아드는 데 세월이 필요한 것이 당연했다. 완주로 내려와 네 번을 연습하는 동안 몸이 차츰 변했다.

수영을 하면 어깨가 넓어진다고 한다. 물을 젓기 위해 팔을 돌리다 보면 자연스레 어깨가 펴지기 때문이다. 이미 2년 넘게 수영을 한터라 나의 어깨는 이미 다 열렸다고 생각했다. 오산이었다. 수백 평의 땅을 파헤치고 다듬는 과정 속에서 내 어깨는 그야말로 터져버리기 직전이었다. 3년이 지나고 나서는 주변인들도 변화를 감지했다. 너멍굴이 1000평쯤 개간될 즈음 놀러온 친구들이 나를 보고는 "어깨가 터져버렸다"라고 말했다. 심지어 몸에 딱 맞게 입던 옷이 불편해졌다. 몸이 반복 동작에 적응하다가 끝내 변한 것이다.

지문도 희미해졌다. 군청에 내려가 이런저런 서류를 낼 때면 무인민원기를 사용하곤 했다. 그런데 밭일에 어느 정도 적응하고 나니 민원기의 지문 인식이 자꾸 오작동했다. 처음엔 땀이 나서 그런가 보다 했는데 일이 반복되자 깨달았다. 농사꾼의 손이 되고 있구나. 마치 훈장 같았다.

쪼그려 앉는 일은 쉬운 일이 아니다. 특히 남자들은 쪼그려 앉아 호미질하는 농 작업을 가장 못한다. 당연히 나도 쪼그려 앉는 일에 잼병이었다. 몇 분 앉아서 호미질하다 보면 금세 무릎이 아프고 골반이 저렸다. 밭농사를 주력으로 삼으려는 나에게 특히 쪼그려 앉기는 넘어야 할 산이었다. 물론 지금도 할머니들처럼 하루종일 쪼그려 앉아 지낼 수는 없다. 그러나 세월이 흐르자 몸은 적응했고, 몇 시간씩 앉아서 풀을 베는 작업을 견딜 수 있게 되었다.

게다가 탈모가 낫는 엄청난 일이 벌어졌다. 나는 대학에 들어갈 때부터 정수리와 앞머리가 휑했다. 가녀린 머리카락이 금방 다 뽑히고 민둥산이 되어버릴 것 같았다. 그런데 너멍굴에 내려와서 몇 년이 지나자 신기하게 머리카락이 덜 빠졌다. 열이 많아 머리는 많이 빠지고 얼굴은 항상 붉었는데, 땅에 파묻혀 지내니 얼굴이 흰빛을 띄고 머리가 검어졌다. 물론 모든 것은 상대적이다. 과거에 비해 낯빛이 밝아지고 머리는 검어졌지만, 아직 다른 이들에 비하면 내 모습은 화가 난 대머리 형상이다.

　　기계를 쓰지 않으려면 내 몸이 이 땅에 맞는 기계가 되어야 했다. 그것은 적절한 휴식과 반복되는 연습으로 만들어졌다. 몸은 쇠로 만들어지지 않았기 때문에 끊임없이 노쇠해지고 지쳐간다. 매해 그 전과 같을 수 없다. 그럼에도 불구하고 나의 몸은 점점 농사꾼의 육체가 되고 있었다.

(5장)

너멍가옥 건설기*

목적을 잊지 않고 꾸준하게 하는 것이 가장 빠른 길이었다. 집은 튼튼하고 따뜻해야 한다. 빨리 짓는다거나 돈 없이 짓는다거나 하는 것은 그다음 문제였다. 탈석유를 외치며 지었던 초가집은 부서졌다. 삶의 목적을 잊은 가치는 결국에는 설 곳이 없었다.

소비냐 생산이냐

집을 잃다

✳

파란 지붕 판넬집은 너멍굴 땅을 구매하기로 결정한 뒤 보금자리가 아닌 짐이 되었다. 길수 어르신이 형님의 요양을 위해 지었다는 이 집은 무허가 건축물이었다. 시골엔 마을이나 농토까지 도로가 잘 들어오지 않아 무허가 집이 상당히 많다. 너멍굴 판넬집도 내가 임대로 농사지으며 살았다면 별 문제가 되지 않았을 것이다. 그러나 토지 명의가 이전되는 법적인 절차를 진행해야 하는 상황에서 무허가 건축물이 농지에 있다는 사실은 문제가 되기에 충분했다.

내가 너멍굴에서 사려는 농지는 총 세 덩어리로 나눠져 있었다. 그중 한 덩어리에 무허가 건축물이 있어 다른 두 필지는 매매가 가능했지만, 판넬집이 들어간 필지는 매매가 불가능했다. 세 필지 모두를 사려면 판넬집을 부수고 담당 공무원의 실사를 받아야 했다. 길수 어르신은 당장 문제가 없는 두 필지만 사고 나머지 한 필지는 나중에 돈을 모아 사는 게 어떻냐고 하셨다. 그러나 나는 내 돈으로 이 땅을 사는 게 아니었다. 지금이야 운이 좋아 대출이 승인되었지만 나중에 추가 대출이 막힐 수도 있었고, 앞으로 돈을 벌기는커녕 잃기만 하다 끝날지도 모를 일이었다. 결국 고민 끝에 내가 내린 결론은 집을 부수고 세 필지를 모두 한번에 매매하는 것이었다.

집을 부수는 데에도 돈이 들어갔다. 다행히 길수 어르신과 나는 묘수를 냈다. 판넬집은 조립이 가능했다. 벽체와 지붕은 뜯으면 재활용이 가능했고, 골조는 쇠로 만들어져 고물상에서 서로 가져가려고 난리였다. 결국 길수 어르신과 나는 고물상 업자를 불러 자재를 가져가는 조건으로 집을 부숴달라고 했다. 지금 생각하면 고물상을 부를 것이 아니라 내가 직접 천천히 집을 부숴 한쪽에 쌓아뒀어야 했다. 그렇게 했다면 나중에 집을 손쉽게 다시 지을 수 있었을 테니 말이다. 그러나 2017년 봄의 나는 그런 기술과 복안이 없었다.

결국 집을 해체했다. 나는 집은 없지만 땅은 많은 '집 없는 지주'가 되었다. 서울에서 가져왔던 나의 모든 짐은 길수 어르신의 소막사에 딸린 창고에 임시로 보관했다. 이때는 어르신과 나 모두 임시 저장이 몇 주 내로 끝나리라 생각했다. 그러나 이 짐은 2018년 겨울이 올 때까지 2년 동안 어르신의 창고에서 잠들게 된다.

렌트 난민

✳

이제 어디에서 살지 결정해야 했다. 산 아래로 내려가 월세 방을 구할 것인가. 이곳에 남아 어떻게든 버틸 것인가. 처음 고민하는 동안은 읍내 친구나 농사 선생님들의 집을 전전했다. 순식간에 집을 잃은 난민이 되자 삶의 질이 급격히 떨어졌다. 빨리 선택해야 했다. 보통 같았으면 당연히 마을로 내려가 시골 집이라도 구해 들어갔을 것이다. 그러나 내가 너멍굴로 들어온 것은 문전옥답을 갖기 위해서였다. 산 아래로 내려간다면 언제 다시 올라올 수 있을지 확신할 수 없었다. 이제 막 마련한 나의 농토를 버리고 간다는 생각에 쉽사리 결단할 수 없는 문제였다.

고민하다가 일주일 정도의 시간이 흘렀다. 너멍굴 뒷산

에 올라 골짜기를 바라보던 중이었다. 생각보다 따뜻한 바람이 남쪽에서 올라오는 것이 느껴졌다. 달력을 보니 이미 3월 중순이었다. 물론 아침저녁은 추웠지만 해가 뜨고 나면 그런대로 따뜻했다. 텐트라도 사서 버티면서 내 땅에 집을 지어보면 어떨까 하는 생각이 밀려왔다. 지난날 판넬집에서 이런저런 생활에 필요한 것을 만들고 사용해본 터라 자신 있었다. 아궁이를 만들고 지붕을 올리고 벽을 치면 그게 집 아닌가. 산에 나무가 많으니 조금 버티면서 방 한 칸이라도 지으면 될 일이었다. 결국 너멍굴에 남아 직접 집을 짓는 것으로 마음을 잡았다. 그러기 위해선 방 한 칸이 만들어질 때까지 버틸 텐트가 필요했다.

당장 전주로 나가 등산 용품점에 들렀다. 조그만한 1인용 텐트를 하나 구매했다. 너멍굴로 돌아와 부서진 판넬집 가장자리에 텐트를 쳤다. 생활하면서 필요한 수도는 농업 용수를 쓰기 위해 마련된 지하수 관정을 끌어와 사용했다. 전기는 지하수 모터를 쓰는 곳에 연결해 저녁에 어두워지면 전등만 켜두었다. 처음 며칠은 아주 낭만적이었다. 낮에는 집을 지을 때 쓸 나무를 나르고, 밤이면 텐트 앞에 모닥불을 피우고, 라디오를 들으며 하늘을 보았다. 거의 책에서 본 인디언 같은 생활이었다.

그러나 낭만적이었던 시간이 지나자 난민 생활이 시작되었다. 3월은 생각보다 훨씬 춥다. 밤이 되면 서리 내리는 날이 여전히 많다. 텐트라는 것이 본시 성능 좋은 비닐 몇 장을 덧대놓은 것이라 번듯한 집처럼 한기를 막아주지는 못했다. 그저 밤에 골짜기에서 불어오는 칼바람을 막아주는 것에 만족해야 했다. 일단 추위를 막아야 했다. 판넬집을 부술 때 나왔던 스티로폼을 바닥에 두껍게 깔았다. 이불을 텐트 안에 여러 겹 둘렀다. 시장에 가서 새끼 강아지를 한 마리 사왔다. 손바닥만 한 강아지는 낮에는 외로움을 달래주는 친구가 되었고 밤에는 텐트 속에서 서로에게 온기를 전해주는 난로가 되었다. 이 두 조치로 추위는 어느 정도 견딜 수 있었다. 이제 하루라도 빨리 집을 지어 방 안으로 들어가야 했다.

집을 소비하지 않겠다

⁎

집을 직접 짓겠다고 마음먹은 것은 그 집이 내가 살아갈 곳이기 때문이다. 농사를 지으며 살아갈 너멍굴에서 필요한 집은 삶의 공간이지 소비와 욕망의 대상이 아니다. 큰 집일 필요도 없고, 진귀한 자재로 호화롭게 지을 필요도 없다. 그저 낮 동안 농사로 지친 내 몸을 누이고 따뜻하게 휴식할 수 있는 공간이면 충분했다. 그 정도라면 내가 지을 수 있지 않을까? 이 소박한 욕심이 산 아래로 내려가려는 나의 마음을 돌려놓았다.

　　만약 나의 벌이로 산 아래 위치한 집을 살 수 있었다면 이야기는 달라졌을 것이다. 그러나 직장인이나 농업인이나 변변찮은 수입으로 자신의 집을 장만하려면 수십 년이 걸려도 빠듯하기는 한가지다. 이런 상황에서 당장 몇 달 몸 편하자고 산을 내려가면 평생 다른 이가 소유하는 집에서 살 것 같다는 두려움이 생겼다. 한 살이라도 젊은 지금 집 짓는 기술을 익힌다면, 수십 년을 아껴 저축하는 것보다 내 집을 갖는 시기가 빨라지리라 생각했다. 비록 방 한 칸이지만 월세 내는 돈을 재료비 삼아 3년 정도 이렇게 저렇게 집을 지어본다면 어떨까. 옛말에 서당 개도 3년이면 풍월을 읊는다고 하지 않던가.

　　처음 직접 집을 짓는다고 했을 때 가장 도움이 된 것은 주변에 사는 어르신들이었다. 젊은 시절 그들은 마을에서 힘을 합쳐 서로 집을 지어 살던 분들이다. 어떤 나무로 무슨 흙으로 집을 지어야 하는지 잘 알고 있었다. 이 지역에선 어느 방향으로 집을 앉혀야 하는지, 창과 아궁이는 어디로 내는지 등 책보다 더 많은 정보를 알고 있는 분들이다. 그들의 추억은 나의 첫 번째 집을 짓는 데 중요한 재료가 되었다.

농사꾼을 위한 집

너멍굴에 필요한 집

✳

집을 짓겠다는 결심을 했으니, 어떤 집을 지어야 할지 정해야 했다. 첫째, 이 집은 나 혼자 사는 곳이다. 여러 사람이 머물 넉넉한 집을 지을 필요가 당장은 없었다. 산골에서 집을 짓고 농사를 지어 먹고산다고 가정했을 때, 슬프게도 수년 내에 나에게 가족이 늘어날 확률은 없었다. 그러니 욕심을 부릴 이유가 없었다. 작게 만들고, 식구가 늘면 그때 집을 다시 부수고 다시 지으면 되니 말이다.

둘째, 농사꾼의 집이다. 이곳에 들어와 사는 이유는 농사꾼이 되기 위해서다. 그러니 집도 농사꾼의 동선과 용도에 맞게 지어야 했다. 마당은 여러 작물을 털고 말릴 수 있을 만큼 넓어야 하고, 수돗가가 농토 바로 앞에 있어 집 안으로 들어가기 전에 손을 씻고 옷가지를 털 수 있어야 한다. 몸을 누일 방은 좁아도 되지만, 생산물과 농기구를 저장할 창고는 넓어야 한다. 에어컨이 없으니 창을 남북으로 내 바람이 통하게 한다. 여름날에는 새벽 작업 후 방에서 낮잠을 자야 하니 처마를 길게 빼서 집 안에 볕이 들어오지 않게 막는 게 좋다. 이렇게 용도에 맞게 필요한 구조를 생각하니 집의 형상이 하나하나 갖춰졌다.

셋째, 산사람의 집을 지어야 한다. 산골짜기는 무엇보다도 바람이 무섭다. 골을 따라 부는 바람은 낮과 밤에 방향이 바뀌었다. 그 바람길을 알아야 여름에는 길을 열어 시원하고, 겨울에는 길을 막아 따뜻하게 유지할 수 있었다. 텐트 난민 생활을 경험해본 바로는 이곳은 기본적으로 추운 게 확실했다. 그러니 난방을 확실히 하고 벽을 두껍게 만들어 생활공간을 따뜻하게 만들어야 했다.

마지막으로 탈석유 농법을 실현할 수 있는 집이어야 했다. 탈석유 농법은 삶에서도 그 견지를 이어간다는 뜻이니, 석유 제품이 덜 들어간 집을 만들어야 했다. 이는 재료의 친환경성뿐만 아니라 짓는 방법의 친환경성도 고려해야 했다. 만일 나무를 건축 재료로 사용한다고 하자. 나무는 친환경 재료이지만 만약 그 나무를 미국에서 가져와야 한다면 그것은 친환경 건축이 아니다. 탈석유 집을 지으려면 자연 재료를 주변에서 구해야 했다.

거창한 이유를 들지 않더라도 나는 화석연료를 사용한 재료를 건축에 사용할 정도의 형편이 아니었다. 주변 어르신들은 집을 짓는 데 드는 건축비 시세가 많이 떨어졌다고 했다. 알아보니 완주에서 보통 벽돌집은 평당 250만 원, 경량목 나무집은 평당 400만 원, 판넬집은 평당 140만 원 정도면 짓는다고 했다.*판넬집이 화재에는 아주 취약하지만 싸고 따뜻하기가 으뜸이라고 어르신들은 말씀했다.

별로 비싸지 않은 듯 말씀했지만 나에게는 너무 비싼 집이었다. 업자에게 맡겨서 집을 지으려면 또 몇 달은 꼼짝없이 알바를 하며 돈을 모아야 했다. 그러기엔 농번기가 너무 코앞으로 다가왔다. 난 노동력을 바로 실물 자본으로 옮길 수 있는 건축법을 원했다. 중간 교환재인 돈이 들어가지 않는 집이 현실적으로 나에게 가장 필요한 집이었다.

---

*   초가집을 지을 때 동네 형님에게 들었다. 2017년 봄 시세다.

너멍초가의 실패

재료는 내 주변에 있다

＊

주변에서 나오는 재료로만 집을 다 지으려면 역시 초가집만 한 게 없었다. 초가집은 민속촌에서 자주 보았고, 대학 시절 역사학과라는 특성상 답사지에서도 여러 번 본 적이 있었다. 나에게 초가집은 비교적 진입 장벽이 낮았다. 곧장 재료를 하나씩 모아 집을 짓기 시작했다.

가장 먼저 준비한 것은 통나무였다. 산에 올라 나무를 한 그루 베어보았다. 물을 잔뜩 머금은 생나무는 절대 혼자 들 수 없다. 오기로 몇 번 들어보려 했으나 갈비뼈에서 우드득 소리가 났다. 기둥뿌리 세우려다 환자 되기 십상이었다. 새 나무 베어내는 것을 포기하고 땅에 쓰러진 나무를 찾아보았다. 이런 나무는 쓰러져 말라 시간이 지난 지 오래되었기에 가벼웠다. 그런데 벌레 파먹은 자국이 많아 왠지 집을 지어놓으면 벌레가 나올 것 같았다. 그런데 다른 방법이 없었다. 힘이 없고 기술이 부족하니 그냥 있는 대로 지어보자는 마음으로 쓰러진 고목을 2미터 50센티미터*씩 잘라 가져왔다.

그다음 터를 다졌다. 터를 계속 다져 단단하게 만든 뒤 축대를 쌓아 높였다. 축대와 구들에 사용하는 돌은 마을 어귀로 내려가면 나오는 만경강에서 필요한 만큼 주워 왔다. 우리나라 집은 구들을 사용하기 때문에 터가 높지 않으면 땅에서 습기가 올라와 따뜻하지 않고 곰팡이도 쉽게 생긴다고 길수 어르신이 알려줬다. 잘 다진 터에 주춧돌을 놓고 나무를 세우는 것이 순서였다. 그런데 길수 어르신은 땅을 파고 그곳에 나무를 묻으라고 했다. 안 그러면 나무가 흔들리니 위에 도리를 세우는 것이 힘들 것이라고 했다. 일단 나는 어르신의 말을 믿었다. 나중에 찾아보니 주춧돌을 놓지 않고 땅을 파서 기둥을 묻는 것은 청동기 시대 원시인들이 움막을 지을 때 사용한 방법이었다.

다음 단계는 도리와 서까래를 얹는 것이다. 이는 기둥 위

---

* 그 당시 내가 나를 수 있는 통나무의 최대 길이였다.

첫 초가집의 축대를 쌓
고 나무를 세우고 도리
와 서까래를 얹는 작업
을 모두 혼자 했다.

에 쓸 나무를 주워 와 지붕의 뼈대를 올리는 작업이다. 아주 재밌
는 일이다. 지붕 올라가는 것이 눈에 보이니 마치 건물이 금세 올
라갈 것 같은 착각이 든다. 서까래를 얹고 나면 근처에서 대나무
를 베어온다. 대나무는 잘 쪼개 서까래 위에 얹는데 이를 산자라
고 한다. 산자를 올리면 그 위에 흙을 석회와 섞어 올린다. 석회
는 흙을 단단하게 굳힌다. 그리고 지붕에 지푸라기를 엮어 얹으
면 지붕이 완성된다.

　　　이제 구들을 놓고 벽을 쌓으면 방 한 칸이 완성된다. 금
방 지을 줄 알았던 집은 각 단계별로 공정이 복잡했다. 거기에 혼
자서 작업을 하니 무엇을 해도 금세 지쳤다. 작업량도 얼마 되지
않았다. 결국 구들을 놓고 벽을 쌓아 방 한 칸을 만드는 데 도합

한 달 반의 시간이 걸렸다. 그렇게 오랜 시간을 들인 첫 집은 발을 뻗고 누우면 머리와 발바닥이 양쪽 벽에 닿는 크기였다. 조금이라도 크기를 키웠다면 두 달은 걸렸을 것이다. 어쨌든 몸에 병이 나기 전에 텐트를 거두고 방에 들어간 게 다행이었다.

어설픈 마무리와 너멍초가

✳

한 칸을 지어놓고 옆으로 한 칸씩 필요한 공간을 이어 붙여 원하는 초가집을 만들어갔다. 어르신들은 이러한 방법을 "달아낸다"라고 표현했다. 방 한 칸에 화장실을 달아내고 그 옆에 다시 방을 달아내고 마지막으로 부엌을 달아냈다. 그리고 다 달아낸 초가를 서로 벽을 이어붙이고 황토로 마감하면 최초 계획한 초가집이 완성된다. 말로 하면 아주 간단하지만 한 칸씩 늘리는 데 시간이 패나 오래 걸렸다. 농사와 영화제 준비를 병행한 탓에 초가집 건설에 하루를 온전히 매진할 수도 없었다.

하나의 육체로 하기엔 너무 많은 일을 벌였다. 초가집은 각 공정마다 약간씩 모자람이 있었지만, 빠르게 짓고 싶은 욕심에 모른 척 넘어갔다. 지붕에 흙을 끝까지 덮어야 했지만 일부는 아주 얇게 덮었고, 나무 기둥을 세울 때는 껍질을 까고 충분히 말려야 했지만 그냥 세워버렸다. 만경강에서 돌을 더 주워 와 축대를 단단히 올려야 했지만 논흙을 시멘트에 섞어 대충 바르기도 했다. 그렇게 하면 아주 조금씩 공정이 빨라졌다. 하지만 결국 나중에 하자가 난다는 사실을 이때는 알지 못했다.

2017년 3월부터 집을 지어 6개월이 흘렀다. 집은 겉으로는 초가집의 형상을 띄었으나 안으로는 벌써 썩어가고 있었다. 제1회 영화제 직전에 완성된 나의 너멍초가는 삶의 공간 건설이라는 호기로운 목표로 시작되었지만, 실제로는 기행을 일삼는 한 젊은이의 치기 어린 장난 같은 것이었다. 이 초가집은 농사꾼의 임시 농막으로는 손색이 없었다. 하지만 집이 되기엔 너무 더러웠고 벌레가 많았다.

손수 지은 첫 집에 만족하리라 생각하지는 않았지만 그래도 지어놓으면 적어도 몇 년을 살 수 있으리라 낙관했다. 그러나 6개월간 지어진 너멍초가는 매 공정마다 조금씩 부실시공이 쌓이자, 다 짓고 나서도 도무지 완성도라고는 없는 하자 투성이 집이 되어버렸다.

자연과 인간

＊

어찌 하찮은 미물들이 인간을 이다지도 못 살게 군단 말인가. 날이 더워지니 너멍굴에 벌레들이 본격적으로 창궐하더니 나의 육신을 공격했다. 근육통이나 더위는 끝이라도 있지만, 간지러움은 끝이 없었다.

모기나 벌처럼 눈에 보이는 벌레는 그나마 나았다. 문제는 내가 잠들었을 때 찾아드는 벌레들이었다. 자그마한 진드기나 밤과 함께 움직이는 지네는 초가집의 수많은 틈으로 비집고 들어와 나와 접촉을 시도했다. 처음엔 벌레들을 타이르려 했다. 벌레 퇴치에 효과가 있다는 레몬즙이나 계피를 몸과 집에 두르고 서로의 영역을 존중하려 한 것이다. 그러나 이런 시도는 처음 몇 시간을 제외하곤 아무런 효과를 발휘하지 못했다. 나는 매일 밤 잠들어 무방비 상태로 벌레들에게 7시간 노출되었다. 피부가 온통 벌레 물린 자국으로 변하는 데에는 여름 한 철이 다 필요하지 않았다.

너멍초가의 부실시공은 벌레보다 더 심각한 문제를 불러왔다. 구들을 놓을 때 벽을 충분히 단단하게 마감하지 않았더랬다. 그랬더니 따뜻한 구들장 아래를 쥐들이 파고들었다. 그러고는 벽을 뚫고 올라가 지붕에 있는 흙 속에 집을 지었다. 문제는

겉보기에는 꽤나 그럴 듯
하지만(?) 하자 투성이
컸 집이었던 너멍초가

쥐의 생김과 소리, 병을 옮기는 특성 같은 게 아니었다. 쥐가 들
어오면 그 구멍을 타고 뱀이 따라 들어왔다. 어느 날 화장실 벽체
에 살모사가 들어와 있는 것을 보고 난 너멍초가의 수명이 다했
음을 직감했다.

　자연은 본시 위험하다. 미물이라 여기던 놈들이 여기저
기서 튀어나와 생존 경쟁을 벌이는 통에 공생을 꿈꿨다간 상처
만 남는다. 인간과 벌레, 쥐, 뱀은 어디까지 서로의 영역을 존중
해야 하는가. 답은 하나였다. 내 땅의 1797평을 그들이 살아가
는 땅으로 인정하되, 최소한 사람이 눕고 쉬는 2~3평의 공간만
은 이들로부터 자유로워야 했다.

　결국 너멍초가를 포기하고 튼튼한 집을 다시 짓기로 했

다. 나는 새로운 집을 벌레와 쥐로부터 안전한 세 평 공간으로 계획했다. 이번엔 모든 것을 자연에서 공수하겠다는 생각을 버렸다. 생존과 직결된 문제에서 환경을 논할 만큼 난 근본주의자가 되지는 못했다. 최소한 밤에 발은 뻗고 잘 수 있어야 내일이 있으니까. 6개월간의 근본주의자적 삶을 청산하고, 다음 집은 타협과 효율의 미덕을 발휘하기로 했다.

현대 문명 사용법

우석대를 가다

✳

다시 처음으로 돌아왔다. 거창할 필요가 없었다. 산골 집은 따뜻하고, 벌레·쥐·뱀으로부터 안전해야 한다. 목적이 명확해야 제대로 된 결과를 도출할 수 있는 법. 중구난방 집에서 살기에는 무엇보다 뱀이 무서웠다. 새로운 집은 체계적인 계획에 따라 합리적인 비용으로 지어야 했다.

건축 관련 책을 찾아보려고 우석대로 갔다. 집을 짓는 자재와 방법부터 다시 정리했다. 내가 지은 것은 한옥의 골조를 그대로 따라 한 것이지만 여러 부분에서 부족한 점이 많았다. 한옥 구조로 집을 지으려면 잘 마르고 벌레 먹지 않은 나무와 충분한 시간이 필요했다. 겨울이 3개월 앞으로 다가왔는데, 충분한 시간을 요구하는 건축 공법은 나에게 어울리지 않았다.

벽돌집은 튼튼하고 재료를 다루기 쉬웠다. 조적 기술만 조금 익히면 금방 완성할 수도 있었다. 그러나 비용과 자재의 무게가 문제였다. 골조 자재는 삼례에 있는 자재상에서 구할 수 있었다. 그런데 삼례에서 너멍굴까지 무거운 자재를 나를 수가 없었다.

시골에서 가장 많이 짓는 판넬집은 어떨까. 비용이 싸고 빠르게 지을 수 있지만 스티로폼으로 구성된 벽체는 화재에 취약했다. 너멍굴에 들어와 판넬집에 살아보니 쥐들이 스티로폼 사이로 파고들어가 집 짓기를 좋아했다. 무조건 탈락.

마지막으로 고려한 것은 미국식 경량목 구조와 일본식 중목 구조였다. 중목 구조는 우리 한옥 구조와 비슷했지만 규격화가 되어 있다고 했다. 그런데 잘 손질된 목재는 가격이 너무 비쌌다. 이제 남은 것은 경량목 구조라고 불리는 단순한 목조 주택이었다. 책을 보니 대부분의 목조 주택이 이 구조로 지어진다고 했다. 목조의 무게가 가볍고 다루기 쉬워 초보자도 조금만 연습하면 가능하겠다 싶었다.

우석대에서 며칠 동안 자료를 모으고 '짱구'를 굴렸다. 내가 최종적으로 선택한 집은 쥐의 침입을 막기 위해 기단부는 벽돌 구조, 벽체와 지붕은 혼자서도 작업할 수 있는 경량목 구조였다. 자본금으로 남은 통장 잔고 200만 원을 모두 집 짓는 데 사용하기로 했다. 목표는 3개월 앞으로 다가온 겨울 전에 매서운 겨울바람으로부터 나를 보호해줄 집을 완성하는 것이었다.

유튜브와 동네 목수

✳

두 번째 짓는 집은 현대 문명과 주변의 도움을 총동원하기로 했다. 해보지 않은 목공 작업을 책에만 의지해 한다는 것은 불가능했다. 유튜브를 틀어 경량 목조 주택 관련 영상을 닥치는 대로 찾아 보았다. 여러 편을 보면서 각 작업 공정의 원리와 공구의 사용법을 쉽게 익힐 수 있었다. 활자는 상상력을 주지만 이런 작업에는 상상력이 필요하지 않았다. 목수의 일을 정확하게 눈으로 확인할 수 있는 영상을 보는 편이 그 무엇보다 많은 도움이 되었다.

경량 목조 주택을 짓는 영상은 영어로 된 것이 많았다. 목수들이 직접 등장해 말로 원리와 공정을 설명하며 일하는 모습을 보여주는데, 도통 영어를 알아들을 수 없으니 수공구의 작동 원리와 건축할 때 주의 사항을 알기가 쉽지 않았다. 대학에 다닐 때

영어라도 좀 공부해뒀으면 손쉽게 배웠을 것을…. 결국 언어의 장벽에 막혀 영상에서도 한계를 느꼈다.

더 이상의 공부는 시간만 잡아먹을 뿐이라고 판단하고 더 늦기 전에 기초 공사에 들어갔다. 이번엔 확실하게 축대부터 다지기로 했다. 돌을 정밀하게 쌓고 안을 흙과 자갈로 다져가며 올렸다. 축대를 완성하고 습기를 막기 위한 비닐을 한 겹 깔았다. 그리고 그 위에 주워온 철근을 얼기설기 짜 올리고 시멘트를 모래에 섞어 기초 공사를 했다. 삽과 대야를 이용하니 작업 속도는 더뎠지만 더 이상 부실시공은 없었다. 한 삽 한 삽 기초를 쌓아갔다. '공구리'를 덮은 기초 위에 벽돌을 이용해 건물의 기단부를 올렸다. 수평과 수직도 초가집과는 비교도 할 수 없이 정치하게 수정하며 작업을 이어갔다.

기단부 공사를 끝내고 경량목 작업을 이어갔다. 나무는 행사장에서 쓰고 난 B급 자재를 헐값에 사 왔다. 싸다지만 나무 가격이 만만치 않았다. 그래도 곧 겨울이 온다는 시간적 압박이 있었기에 돈을 아끼지 않았다. 경량목 작업은 생각했던 것보다 쉽고 속도도 굉장히 빨랐다. 무엇보다 나무가 가벼워 혼자서도 무리 없이 작업할 수 있다는 점이 최고의 장점이었다.

세 평짜리 집은 천장을 낮추고 다락을 들이기로 했다. 다락에 짐을 보관하고 여름철 침실로 활용할 생각이었다. 너멍굴에서 여름을 나보니 밤바람이 제법 선선해 바람 길만 열어주면 선풍기가 없어도 더위 없이 잠을 청할 수 있었다. 다락같이 높은 곳에 남북으로 창을 내면 충분히 바람 통로를 만들 수 있겠다 싶었다. 실제로 다락이 완성되고 여름에 사용하니 예상대로 바람이 잘 드나들어 무더위에도 시원하게 지낼 수 있었다.

이제 지붕을 올릴 차례였다. 지붕은 일정한 각도를 형성해 물매를 잡아줘야 했다. 책을 보니 중학교 때 배운 피타고라스의 정리를 활용하는 것까진 알겠는데 구체적인 방법은 도무지 알 수가 없었다. 책에도 유튜브에도 '라퓨타스퀘어'라는 삼각자를 활용해 물매를 잡는다고는 나와 있는데, 이 스퀘어를 어떻게 쓰는지는 알려주지 않았다. 결국 전문가가 답이었다. 동네에 있는 경량목 구조 목수들에게 자를 들고 가서 사용법을 물었다. 막상 설명을 들어보니 아주 간단했다. 동네 목수들이 흔쾌히 지식을 나눠준 덕분에 지붕 물매는 예상보다 빠르게 잡았다. 서까래를 올리고 지붕을 덮자, 일단 비는 맞지 않는 세 평 공간을 확보할 수 있었다.

다락 위에 지붕을 올리고 나서 합판으로 벽체를 세웠다. 벽체 사이에는 왕겨를 넣어 단열을 했다. 왕겨가 제법 성능이 좋아 단열재로 효과가 있었다. 이렇게 지붕과 벽체까지 만드는 데 두 달이 걸렸다. 하지만 아직 난방이 되지 않아 방 안은 냉기로

초가집의 교훈을 바탕으로
지은 두 번째 집은 목조 주
택이었다.

가득했다.

다시 겨울이 오기 전에

새로운 집의 난방원은 구들이었다. 벌써 세 번째 놓는 구
들이었다. 이제는 구들 놓는 것에 익숙했고 원리가 머릿속에 분
명히 들어 있었다. 마침 산 아래 한 시골집에서 구들을 해체한다
고 해 구들장을 손쉽게 구할 수 있었다. 시골집 중에는 간혹 구들
장을 사용하다 기름보일러로 바꾸며 돌을 버리는 경우가 많다.
이런 돌을 활용하면 재료비도 아끼고, 이미 불이 잘 먹은 돌을 사
용해 깨질 염려도 적다.

구들을 놓고 불을 지폈다. 몇 시간이 지나자 바닥에 따끈한 온기가 올라왔다. 성공이었다. 그러나 천장이 높고 틈새가 많아 바람이 사방에서 들이쳤다. 아무래도 왕겨로만 단열해서는 바람이 새는 것을 막을 수 없었다. 결국 비닐을 한 겹 벽에 두르고 나서야 코끝이 시려오는 추위만은 면할 수 있었다.

새로 지은 집에서 너멍굴의 두 번째 겨울을 맞이했다. 판넬집도 춥다고 느꼈지만 직접 지은 집과 비교하면 판넬집은 한없이 따뜻한 편이었다. 직접 만들어 달아놓은 창문과 문은 역시 기밀이 잘되지 않았다. 아무리 구들을 따뜻하게 덥혀놔도 문과 창의 틈으로 찬바람이 들었다. 여전히 추운 바람을 맞으며 잠에 들어야 했다. 감히 단언컨대 내가 살아오면서 가장 극심한 추위를 느꼈던 겨울이다.

아무런 기술과 자본 없이 직접 집을 짓는다는 것은 정말 힘든 일이다. 특히 겨울의 추위에 맞서는 집은 꼼꼼하고 두터워야 한다. 오한이 들 정도로 추웠던 한기를 잡은 것은 다음 해인 2018년 2월이 넘어서였다. 구들의 효율은 좋았지만 벽에 난 틈으로 바람이 드니 소용이 없었다. 고심 끝에 화목 난로를 만들어 입식 생활로 전환해보기로 했다. 전환기술 협동조합으로 찾아가 기본적인 용접 기술을 배우고, 일주일을 작업해 난로를 한 대 만들었다. 난로를 집 안에 들이자 구들만 있을 때보다 훨씬 따뜻

집 짓는 일은 정말 어렵다.
이 집에서 일생 동안 겪어
본 가장 심각한 추위를 맞
았다.

했다.

2017년의 겨울은 나에게 정말 혹독한 추위를 선물해주
었다. 불이 전해주는 따뜻한 온기 한 자락의 고마움은 극도의 추
위 속에서 더욱 빛났다.

아기돼지 삼형제의 교훈

사랑채를 짓다

따뜻한 방 한 칸을 마련하자 친구들이 그리워졌다. 도시에 있을 땐 친구들과 만나 맥주 한잔 하는 게 별일 아니었다. 그러나 시골에서는 친구를 만나 술을 마시는 게 여간 마음을 내야 하는 일이 아니다. 먹고 나서 운전도 생각해야 하고, 먼 곳에서 오는 벗이라면 잠자리도 신경 쓰지 않을 수 없다. 읍내도 그러할진대 산골은 준비할 것이 더 많다. 필요한 것을 생각해보니 친구들이 산골로 와서 머물 수 있는 숙소, 주차 공간, 같이 놀 수 있는 거실, 어둡지 않게 밖을 밝힐 가로등이 필요했다. 준비할 것을 나열하다 보면 언제 다 준비하나 싶지만, 하나씩 하다 보면 못할 것은 없다.

먼저 친구들의 잠자리부터 만들기로 했다. 마침 3월이 되어 영하로 내려가는 날이 거의 없어 따뜻했다. 이미 검증된 안방의 공법을 차용할까 했지만 계속 같은 것만 시도하면 재미도 없고 실력도 제자리일 테니, 새로운 것을 해보기로 했다.

안방을 지을 때 마지막까지 후보군에 있었던 일본식 중목 구조에 흥미가 갔다. 짓는 방법은 우리나라 한옥과 비슷하지만 목재의 무게가 조금 더 가벼워 다루기 쉽다는 특징이 있다. 공법을 정하고 다음으로 사랑채가 들어설 자리를 정했다. 안방을 남북으로 길게 놓았으니, 그 옆에 사랑채를 두면 좋겠다 싶었다. 나중에 북쪽에 거실을 지으면 남쪽으로 트인 ㄷ 자 구조의 집이 되어 겨울 북풍을 효과적으로 막겠다는 계산이 섰다.

자리로 정한 터를 정리하고 주춧돌을 놓는 것으로 사랑채 건설에 들어갔다. 주춧돌은 지붕의 하중을 한몸에 받는다. 그래서 될 수 있으면 크고 깊게 묻어야 했다. 그런데 그런 큰 돌을 혼자서는 옮길 수 없다. 혼자 다룰 수 있는 시멘트를 작은 돌들과 섞어 주춧돌을 놓았다. 주춧돌이 굳는 동안 목재를 준비했다.

처음에 목재소에 갔을 땐 어떤 나무는 영어로 길이와 크기를 말하고 어떤 나무는 일본말로 크기를 말해서 의아했다. 나중에 알고 보니 경량목 구조에 사용되는 나무는 공법이 미국에서 들어왔으니 치수를 몇 인치 하는 식으로 말하고, 일반 건설 현장에서 다루는 나무는 일본의 영향이 남아 일본식 치수로 많이 불렸다. 일본식 중목 구조에 사용하는 나무는 일반 목재소에서 쉽게 취급하지 않았다. 그렇다고 그 사이즈의 나무를 직접 사려면 돈이 엄청나게 많이 들 터였다. 비슷하되 싼 나무를 사서 책에서 본 것과 비슷하게 만들어보기로 했다.

목재소로 가서 건설 현장에서 쓰는 오비끼*와 다루끼**를 넉넉히 사왔다. 목재소 아저씨는 무엇을 짓는데 이런 나무를 조금씩 사러 오냐며 궁금해했다. 이것들은 건설 현장에서 콘크리트를 붓는 거푸집을 만들 때 주로 사용하기 때문이었다. 콘크리트가 굳으면 뜯어내기 때문에 정교하게 다듬어진 나무가 아니다. 습기가 그대로 있거나 휘어 있는 경우도 많다. 대신 일반 건축용 구조재보다 반값 정도로 싸다. 이 나무를 그늘에서 잘 말린 뒤 휘어지는 방향을 잘 계산해서 쓰면 그럭저럭 기둥과 보, 서까래를 올리는 데 사용할 수 있었다.

---

* 단면의 가로×세로가 8cm×8cm인 나무, 길이는 9자(2m 70cm)짜리를 사용했다.

** 단면의 가로×세로가 4cm×5cm인 나무, 길이는 12자(3m 60cm)짜리를 사용했다.

벌써 1년 간 집을 지어온 덕택으로 제법 실력이 늘어 있었다. 서까래를 올리고 지붕을 올리는 데까지 일주일 걸렸다. 마침 농사철이 시작되는 때라 너멍굴 요정님이 자주 지나다니며 작업 진척 상황을 보고 칭찬을 해주었다.

"나중에 우리 집에도 하나 지어줘."

초가를 지을 때는 들어보지 못한 칭찬에 절로 콧노래가 나왔다. 지붕을 씌우고 콘크리트로 바닥을 만들었다. 바닥 콘크리트 작업이 매번 집을 지을 때 가장 고된 작업이다. 두껍고 야무지게 하지 않으면 바닥이 갈라지고 습기가 올라오기 때문이다. 집을 짓는 것도 농사를 짓는 것처럼 정확히 자신이 노력한 만큼의 결과만 얻을 수 있었다. 느리게 한 삽씩 하더라도 정확하고 꾸준하게 하는 것이 무엇보다 중요했다.

3일이 지나자 바닥 작업이 끝났다. 이제 콘크리트가 굳을 때까지 며칠간 휴식이다. 보통 이런 틈은 다음 작업에 쓸 재료를 준비하거나 지친 몸을 쉬는 데 시간을 쓴다.

벽을 쌓을 재료는 동네 형이 소개한 철물점에서 벽돌을 싸게 사 와 해결했다. 내가 건축용 자재로 쓴 것은 주로 남들이 버리거나 재활용하는 물건이었다. 이게 소문이 나서 마을에 살던 형님들은 버릴 구들장이나 건축 자재가 나오면 나에게 먼저 전화를 걸었다. 덕분에 나는 싼 가격에 제법 만족스러운 자재들

완성된 사랑채

을 구해 사랑채를 완성할 수 있었다.

동화의 교훈

✳

　사랑채가 벽까지 올라갔을 때 거실 공사를 준비했다. 거실은 사랑채와 안채의 뒤쪽에 가로로 놓을 계획이었다. 그 자리에는 너멍초가가 자리 잡고 있었다.

　거실 공사를 할 무렵 안양에서 어머니가 찾아왔다. 작년 가을 이후 두 번째 방문이었다. 첫 방문 때는 너멍굴에 초가만 있었다. 어머니는 초가집을 보시곤 깊이 한숨을 쉬셨다. 그러나 별 말씀은 없었다. 어차피 도와주지 못하기 때문이다. 이후 긴 겨울이 지나고 봄이 오자 아들의 '생사'를 확인하러 다시 온 것이다. 사실 안채도 번듯하게 지었다고는 할 수 없다. 그러나 어머니는 안채를 보고는 이렇게 말씀했다.

"조금만 더 하면 되겠다."

내 생각도 그랬다. 그러나 내가 집을 짓는 것을 본 사람은 누구도 조금만 더 하면 된다고 말한 적이 없었다. 다들 걱정스러운 눈빛과 잘 사냐는 말뿐이었다. 고슴도치도 제 자식은 사랑한다더니, 서로 데면데면했지만 어머니는 어머니였다.

사랑채를 빠르게 지어 힘이 난 나는 거실에는 또 다른 방법을 써보기로 했다. 조금 더 빠르고 안전하게 지을 수 있는 방법을 찾았다. 고심 끝에 고른 재료는 블록이다. 블록은 벽돌보다 커서 한 번에 많은 벽을 조적할 수 있다. 나무보다 튼튼해 재료도 적게 들어갔다. 거실이 들어갈 자리에 있는, 6개월 동안 지은 초가집을 3일 만에 부수었다. 썩은 나무와 짚을 치우고 나서 거실 공사를 시작했다.

거실은 너멍가옥의 마지막이자 가장 큰 건축물이다. 크다고 해봐야 네 평 조금 넘었다. 이제껏 지었던 집들이 두세 평을 넘지 않았기에 재료와 노력이 이전보다 1.5배는 많이 들었다.

큰 공간을 안정적으로 지으려면 기초부터 수평이 맞아야 한다. 수평을 잡지 않고 벽돌을 올리면 결국 벽에 금이 가고 종국에는 기울어 무너져 내릴 터였다. 그러나 너멍초가가 있던 자리는 한쪽이 움푹 들어간 구조였다. 아궁이를 놓는 자리로는 안성맞춤이지만 평평한 거실을 만들려면 낮은 곳을 올리고 높은 곳을 낮춰야 했다. 그러나 다른 문제가 있었다. 높은 곳의 흙을 낮추면 옆에 있는 밭과 높이가 거의 차이가 없어져 습기가 들어올 게 뻔했다. 결국 집 옆 산에서 흙을 퍼 와 터를 더 올리기로 했다. 수레와 삽을 이용해 흙과 돌을 한 차씩 날랐다. 초가를 지을 때 같았으면 벌써 포기했을 것이다. 마지막 건축물을 짓는 이때는 달랐다. 체력과 인내심이 많이 늘어 있었다.

터를 닦고 바닥을 만드는 데 2주가 소요되었다. 그러나 블록집은 기초를 잘 닦으면 나머지 작업이 아주 쉽고 빠르다. 걸음마 1호를 이용해 매일 블록을 사 날랐다. 산을 넘어온 블록은 한 장씩 정성스럽게 올라갔다. 창문은 골짜기 바람을 고려해 남북으로 냈다. 블록집 지붕은 경사가 거의 없는 평지붕이다. 고추나 나락을 말릴 용도로 만들었다. 평지붕은 경사도를 잘 조절하지 않으면 비가 샐 위험이 있어 특히 정성을 들였다.

얼추 구색을 갖춰가는 집을 보니, 문득 〈아기돼지 삼형제〉라는 동화가 떠올랐다. 돼지 삼형제가 설렁설렁 지었던 초가집도 얼렁뚱땅 지었던 나무집도 결국 무너졌고, 남은 것은 천천히 튼튼하게 지은 벽돌집이었다. 어린이 동화는 우리 인류가 얻은 심오한 가르침을 아주 쉽게 풀어낸다. 생각해보면 내가 지난 2년간 해온 것을 동화는 이미 말하고 있었다. 그렇게 재밌게 읽고도 깨닫지 못하고 나는 참으로 먼 길을 돌아왔다. 결국 집은 튼튼하고 따뜻하게 지어야 했다.

집이란 무엇인가

✳

집을 자급하겠다는 대찬 포부로 너멍가옥 건설에 뛰어들었다. 처음에 지었던 초가집은 짓는 데 6개월이 걸렸지만 막상 그곳에서는 한 달을 살지 못했다. 두 번째로 지은 안채는 벽돌로 기초를 쌓고 경량목으로 구조를 만든 교잡된 구조였다. 이 안채는 짓는 데 다섯 달이 걸렸다. 지금 내가 사는 곳이다. 안채가 어느 정도 갖춰진 뒤에는 친구들을 맞이하기 위한 공간 공사에 착수했다. 사랑채를 가장 먼저 지었다. 일본식 중목 구조를 활용했다. 공사에는 세 달이 걸렸다. 마지막으로 지은 것은 거실 겸 부엌이다. 함께 무언가를 먹고 대화하는 공간이니 다른 공간보다는 넓고 튼튼해야 했다. 짓는 데 세 달이 걸렸다. 제일 짧은 시간이 걸렸지만 가장 꼼꼼하고 튼튼하게 지었다.

결국 목적을 잊지 않고 꾸준하게 하는 것이 가장 빠른 길이다. 집은 튼튼하고 따뜻해야 한다. 빨리 짓는다거나 돈 없이 짓는다거나 하는 것은 그다음 문제다. 왜냐하면 집은 가치를 보여주는 공간이기 이전에 사람이 삶을 살아내는 공간이기 때문이다. 산골에서의 삶은 추위를 피하고 눈과 비에 젖지 않을 공간을 필요로 했다. 탈석유를 외치며 지었던 초가집은 부서졌다. 삶의 목적을 잊은 가치는 결국 설 곳이 없었다.

너멍가옥을 자급하기 위해 나는 재료, 기술, 자본이 필요했다. 그러나 재료와 자본은 여전히 밖에서 다른 일을 해서 충당했다. 너멍가옥을 지으며 자급한 것은 집을 짓는 기술뿐이었다. 그러나 2년 전에 비하면 주거 한 가지를 자급할 수 있게 된 셈이다. 아직 인생이 수십 년 남았으니 포기하지 않는다면 언젠가 집의 모든 것을 자급할 날이 올 것이다. 비록 오래 걸리겠지만, '월급을 모아 집을 사는 것보다는 빠르겠지'라고 스스로를 위안하며, 나는 오늘도 너멍가옥을 조금씩 손보고 있다.

6장

자력갱생 만만세

산골에서 생활하며 자급하는 것들이 늘어가자 통장 잔고가 조금씩 불기 시작했다.
이는 벌이를 늘리는 것이 아닌 소비를 줄이는 방법으로 만들어진 자본 축적의 선순
환이었다. 많이 버는 것이 오히려 내 시간을 빼앗고 자유를 박탈한다. 그보다 소비를
줄이는 소비를 하고 남은 돈을 기술을 익히는 데 투자하면, 산골에서 더 많은 여유와
자유를 누릴 수 있다.

목표는 생존

풀, 나무 그리고 물: 너멍굴 생존보고서

✳

경작과 주거가 쉬운 평야는 이미 부자와 기계의 손에 대부분 넘어갔다. 남은 땅은 골짜기뿐이니 산골에서 살 방도를 찾지 못하면 남는 것은 빈털터리 유랑민이 되는 길뿐이다. 너멍굴이라는 골짜기에서 산 지 어언 3년, 이제 식생과 기후가 눈에 조금 들어왔다.

골짜기에서 살아남기 위한 제1 요소는 물이다. 산골에는 물이 귀하다. 물은 식수와 농수로 이용하기 때문에 아주 중요하다. 그런데 평지처럼 물이 많지 않으니, 얼마 안 되는 물을 잘 다스리는 치수가 무엇보다 중요하다.

너멍굴에서 물은 두 경로로 얻는다. 먼저 산골에서 내려오는 실개천. 이 물은 농수로 활용한다. 극심한 봄가뭄로 논에 물을 대지 못하는 사태에 대비하기 위해 작은 연못과 몇 개의 보를 만들어 물을 저장해야 한다. 보는 연못을 판 흙을 망에 담아 주위의 돌과 낙엽과 함께 쌓으면 무너지거나 쓸려 내려가지 않는다. 둘째는 안개, 빗물과 같은 하늘의 물이다. 고산처럼 산이 높고 제법 큰 강이 있는 골짜기는 강의 습기와 산의 찬 공기가 만나 안개가 쉬이 형성된다. 특히 너멍굴과 같이 강 방향으로 골짜기가 향해 있다면 밤에는 안개와 습기가 이루 말할 수 없이 낀다. 이 습기를 잘 다스려야 쾌적한 생활이 보장된다. 가뭄이 빈번하고 비가 폭풍처럼 쏟아지는 아열대 기후로 변해가는 요즘에는 빗물을 저장해 잘 활용해야 한다.

산골 생활의 제2 요소는 나무다. 농촌의 나무는 우리가 시멘트와 철근을 주된 건설 자재로 사용하면서부터 그저 농작물에 그늘을 드리우는 천덕꾸러기가 되었다. 하지만 골짜기에서는 전혀 그렇지 않다. 산에 있는 나뭇가지를 잘 관리하면 장작이나 농기구의 중요한 재료를 얻을 수 있다. 또한 나무를 산뿐 아니라 농지에도 적절히 심어야 할 필요가 있다. 나무가 햇빛이나 산골의 찬바람을 중화시켜 미기후를 형성해주기 때문이다. 또 밤이면 안개의 수분을 잡아 땅으로 내려주니 가뭄 해법으로도 고려해봄 직하다. 농지 주변에 과실수를 심는다면, 해가 지나 과실이 여물어 새로운 농산물도 생산할 수 있으니 일거양득이라 하겠다.

골짜기에서 농사와 주거를 하며 마주하는 마지막 난관은 풀이었다. 아스팔트 위에서 아주 작은 녹지와 몇 그루의 가로수를 보는 것과는 비교 자체를 거부하는 골짜기의 풀은 그 씨앗이 어디에서 날아오는지 알 수 없다. 혹자는 풀과 더불어 살자고 제안하는데 이는 위험한 발상이다. 자연은 생각보다 거대하고 위험하다. 풀이 주는 위험은 농작물에만 그치지 않는다. 집 근처에 풀이 있으면 풀 속에 사는 벌레, 개구리, 뱀이 집 안으로 들어올 수 있다.

풀에 대한 해법은 적절히 구역을 나눠 서로의 영역을 존중하는 것이다. 동네 할머니들의 행동을 관찰해보았다. 할머니들은 구역을 나눠 매년 풀과의 전쟁을 효과적으로 수행했다. 먼저 자신의 거주지 근처에서 자라는 풀에 자비를 베풀지 않았다. 단 한 포기의 풀도 정해진 구역이 아니면 용납하지 않았다. 그런 곳은 거주지와 거주지로 침입 가능한 반경이다. 두 번째 구역인 농지에서는 풀과 어느 정도 협상을 한다. 풀이 작물보다는 크지 않게 관리하며 모두 죽이지는 않았다.

건설 인부가 되다

✻

완주군청 블로그 관리 일은 오래하지 못했다. 내가 할 일이 아니라는 생각 때문이었다. 이유야 어찌 되었든 일을 하지 않으니 돈을 써야 하는 일이 차질을 빚었다. 가장 큰 문제는 1년마다 돌아오는 빚의 이자였다. 2018년 봄, 1억 원의 대출금 이자를 상환하는 날이 돌아왔다. 200만 원이 조금 넘었다. 그때 통장에는 십만 원 정도의 생활비만 있을 뿐이었다. 며칠이 지나자 은행에서는 독촉 전화가 끊임없이 걸려왔다. 빚을 갚지 않았다며 감정을 긁는 발언이 이어졌다.

"아니, 200만 원이 그렇게 큰돈도 아니고. 상도덕이 없으시네요."

물론 내가 자초한 일이다. 당장 나에게는 농사를 짓는 게 필요할 뿐, 돈은 굶어 죽지 않을 만큼만 있으면 된다고 생각했다. 그러나 빚을 갚아야 할 때가 돌아오자 결국은 돈에 쪼들리는 소시민이 되고 말았다.

"아, 조금만 기다려주시면…."

농사 이외에 모든 일을 청산한다며 호기롭게 돈벌이를 그만둔 지 세 달도 되지 않아 다시 구직 활동에 들어갔다. 마침 동네 건재상에서 일하던 형이 일자리를 하나 소개해주겠다며

운을 띄웠다. 속칭 노가다꾼이라 불리는 건설 인부였다. 형님은 동네 사람들과 건설 인부 팀을 모아 현장에 나가는 일이 잦은 모양이었다. 물어보니 농사짓는 마을 사람들 중 일부는 급한 현금을 마련하기 위해 토목 일을 하고 있었다. 마을 사람들과 함께하는 일이기도 하고 일당도 많다고 해서 당장에 하겠다고 했다.

　　새벽 5시에 모였다. 경기도 하남에 있는 아파트 건설 현장으로 간다고 했다. 우리 팀은 덕트라 불리는 환기 설비를 갖추는 일을 했다. 일주일에 한 번 현장으로 나갔고, 한 번 가면 3일 정도 작업을 했다. 하루 일당은 13만 원이나 되었다. 건설 현장에 나간 지 한 달이 조금 넘자 이자를 낼 수 있었다.

　　그런데 건설 인부가 된 일이 뜻밖에도 전화위복이 되었다. 아파트를 짓는 현장에서는 동시에 여러 일이 벌어졌다. 철근을 다루는 사람, 콘크리트를 다루는 사람, 나무를 다루는 사람, 내부 인테리어를 하는 사람이 있었다. 마침 나도 나의 집을 짓고 있었으니 이 모든 것이 그냥 지나쳐지지 않았다. 유심히 관찰하고 궁금한 것이 있으면 같이 다니는 형님들에게 물었다. 무슨 일을 하는 건지, 어떻게 하는 건지 모르는 것이 없었다. 나중에서야 알게 된 사실이지만 나와 같이 나온 형님들은 농사를 지으며 한 푼이라도 아끼려고 필요한 것은 거의 다 만들어 사용하는 사람들이었다.

건설 현장에 다녀오는 날이면 철물점에 들러 현장에서 보았던 공구나 재료를 사 가지고 왔다. 그걸 이리저리 굴려보며 기억을 더듬고 사용법을 익혔다. 건설 현장에서의 경험이 쌓여갈수록 너멍가옥의 정밀도는 높아지고 내 기술은 늘었다.

건설 현장 일을 6개월 정도 했다. 현장에 나가며 건물 한 동이 올라가는 것을 처음부터 끝까지 볼 수 있었다. 참 운이 좋았다. 돈 때문에 건설 인부로 일했지만, 이 일은 급한 자금뿐 아니라 주거 자급을 위한 실습 교육까지 시켜주었으니 말이다. 이 교육이 없었다면 나의 주거 자급 실험이 얼마나 길어졌을지 알 수 없다. 역시 사람이 죽으란 법은 없나 보다.

일찍 일어나는 삶: 하늘의 시간표

✻

농사는 일찍 일어나는 것이 기본이다. 그런데 농사일을 아무리 해도 이게 습관이 들지 않아 고생이 많았다. 늦게 일어나면 작업을 늦게 시작하니 한낮의 태양을 온전히 받으며 일해야 했다. 당연히 농사가 힘든 일이 될 수밖에 없었다. 힘든 일을 매일 해야 하니 핑계를 대며 빠지는 날이 많았다. 농사가 흉작을 거듭한 것은 나의 게으름이 큰 몫을 했다.

건설 현장에 나가면서 기상 시간이 자연히 빨라졌다. 당장의 급한 벌이와 관련한 일이라 힘들다는 생각도 못 하고 벌떡벌떡 일어났다. 그렇게 한번 습관이 들자 현장에 나가지 않는 날에도 기상 시간이 앞당겨졌다. 처음엔 일찍 일어나 멀뚱멀뚱 앉아 있다 다시 잠들었다. 그런데 잠 깨는 것도 어렵지만 다시 잠드는 것도 쉽지는 않았다. 결국 다시 일어나 해가 뜰 때까지 앉아 있었다. 나중에는 몸이 근질거려서 밖으로 나와 농기구를 미리 손질하고 해가 떠오르기를 기다리기까지 했다. 농사일은 당연히 식은 죽 먹기였다. 선선한 새벽의 노동은 상쾌하기까지 했다. 새벽 노동이 나날이 거듭되면서 풀에 뒤덮인 농토는 차츰 제 모습을 찾았다.

새벽 노동을 마치고 나면 샤워하고 낮잠을 잤다. 푹 자고 일어나 마시는 물 한잔은 참으로 달콤했다. 그러곤 뜨거운 햇살이 질 때까지 기다리며 책을 읽거나 라디오를 들었다. 한낮의 열기가 조금 식으면 다시 밭으로 나갔다. 밭을 돌며 오전에 마치지 못한 작업을 끝냈다. 해가 질 때까지 하지 못하는 일은 내일을 위해 남겨두고 집으로 돌아왔다. 무리한 작업은 다음 날을 생각해서라도 특히 경계했다. 작업이 끝나면 농기구가 이슬에 젖지 않게 정리했다. 그러고 나서 저녁을 차려 먹고 빈둥거리다 9시쯤 잠이 들었다.

시작이 변하자 하루 일과 전체가 달라졌다. 친구들과 술을 마셔도 저녁이 되면 꾸벅꾸벅 졸기 일쑤였다. 대학 시절 농활에 가서 보던 형님들의 행동을 내가 하고 있었다. 자연히 늦게까지 노는 날이 줄었고, 내일이 없는 날도 사라져갔다. 술이 차지하던 자리가 줄자 건강이 그 자리를 채웠다. 체력과 근력이 늘었고 알배는 날이 줄었다. 단지 일찍 일어나기만 했는데 나는 차츰 농사꾼이 되어갔다.

해가 뜨면 일어나 밭을 갈아야 하고, 해가 지면 내일의 농 작업을 위해 자야 한다. 농사는 하늘의 일을 도와 작물을 보살피는 일이다. 그러니 당연히 하늘의 시간표에 몸을 맡겨야 한다. 그렇지 않으면 아무리 오랜 시간 일을 해도 원하는 결과를 얻을 수 없다. 농사꾼으로 살아남기 위해 이런저런 고민이 많았다. 농사의 수익률에서부터 생산량이 어쩌구, 농기계가 어쩌구, 석유가 어쩌구. 다 쓸데없는 소리였다. 농사꾼이 되려면 단 한 가지만 하면 된다. 바로 일찍 일어나기.

너멍굴 신경게 이론: '자기자본' 축척론

자급의 기술 1: 생활 기술 편(직조, 천기, 용접)

✳

농촌에 사는 어르신들은 못하는 게 없다. 농사를 지어 자신의 먹거리를 자급했고 창고가 필요하면 손수 지었다. 집에는 공구가 즐비했다. 같은 공구를 여러 개씩 가지고 있는 경우도 많았다. 농사짓는 어르신들은 어떤 일을 맡겨도 훌륭히 임무를 수행해냈다. 나는 지금까지 분업과 전문화를 생존 명제로 교육받아왔는데, 농민의 생존 명제는 못하는 것이 없는 자가 되는 것, 즉 만능인이었다.

만능인은 시골에서 특출한 존재가 아니다. 어느 골짜기를 가도 흔하게 볼 수 있다. 집을 짓느라 벽돌을 쌓고 있으면 쑥을 캐러 왔던 한 어르신이 발걸음을 멈추고 벽돌 조적에서 미장까지, 조적 건축의 이론 전반을 알기 쉽게 설명해준다. 나무를 베고 있으면 엔진톱과 목공구의 사용법과 주의 사항을, 논에서 풀을 매던 어르신이 무심한 듯 말하고 지나갔다. 간단한 보일러나 자동차 수리는 동네 농사꾼 아무나 붙잡고 물어도 해결할 수 있다. 농민들은 농사를 배우고 익히기에도 부족한 시간에 왜 그런 것들을 모조리 익히고 연마했을까 궁금했다. 용접을 간단하게 설명하던 길수 어르신에게 왜 그걸 다 배웠냐고 물었다. 어르신은 이렇게 답했다.

"농민이 다 사다 쓰면 금방 호주머니 털리는 것이여."

농산물 값이 싸니 농민의 벌이라는 것도 뻔하다. 그들이 처음부터 다 배우고 싶었던 게 아니라, 한 푼이라도 아끼려다 보니 모든 것을 다 배운 것이다. 나는 너멍굴에 들어와 만능인들의 뒤를 따르기로 결심하고 자급 기술을 익혀나갔다.

자고로 목표는 허황돼야 제맛이다. 자급률 50퍼센트를 목표로 잡았다. 하루에 소비하는 모든 것을 적고, 사서 쓸 때 돈이 많이 드는 것부터 자급하기로 했다. 처음 배운 것은 직조였다. 농사에서는 끈이나 줄, 보자기는 여기저기 쓸 곳이 많다. '널리널리 홍홍'이라는 가게를 찾아 2일간 직조 특훈을 받았다. 물론 내 머리에 남은 건 지게 끈으로 쓸 만한 직조법이 다였다.

다음으로 익힌 건 전기 설비였다. 어느 날 너멍굴의 전등이 나갔고, 나는 오래된 티브이를 고치듯 전등 이곳저곳을 두드려보다 그만 전기에 감전되는 사태가 발생했다. 찰나의 시간, 많은 것을 보았다. 이것저것 해봐야 전기에 감전돼 죽으면 말짱 헛것이구나. 삶과 밀접한 기술을 쓸 줄 모르니 삶이 고단해지는 것은 당연했다. 이후 전환기술 협동조합으로 굽실거리며 들어가 귀농을 준비하는 이들과 함께 전기의 기본을 배웠다. 전기 기술은 여러모로 쓸모가 많았다. 특히 너멍가옥의 전등과 콘센트 작업을 할 때 효과적이었다.

마지막으로 도전한 것은 용접이었다. 나무와 흙으로 세상을 만들 수 있다고 자만했지만, 철이 없으면 반쪽짜리임을 깨달았다. 철을 써야 할 곳이 정말 많았다. 이것도 전환기술의 도움을 받았다. 자고로 배울 땐 자존심이고 나발이고 없어야 하는 법이다. 머리를 한껏 조아리고 익히고 질문하길 서슴지 않으니, 기술에 대한 막연한 두려움이 사라졌다. 여기서 익힌 용접 기술로 화목난로를 만들었다. 난로는 집의 안방에 놓여 겨우내 온기를 느끼게 해주었다.

일상적으로 사용하지만 다른 이의 손에 맡겨왔던 것들의 원리가 눈에 들어오자 삶이 더욱 입체적으로 살아났다. 비어 있는 호주머니 사정에도 내가 바라는 너멍굴의 모습을 하나하

용접을 배워 만든 화목난로. 나무와 흙으로 세상을 만들겠다고 자만했지만, 철 없이는 현대 문명 생활을 할 수 없다.

나 만들 수 있었던 것은 내가 자급의 기술을 차츰차츰 익혀갔기 때문이다.

자급의 기술 2: 요리 기술 편(김치, 고추장, 된장, 술)

✳

농촌에 사는 어른들의 또 다른 특징은 마트를 거의 이용하지 않는다는 사실이다. 시골 어르신들이 마트를 다니는 모습을 거의 보지 못했다. 그 해답을 나를 돌아보자 찾을 수 있었다. 내가 마트에서 사는 것은 식재료와 술이 전부였다. 그런데 어른들은 술은 박스로 사놓고 식재료는 다 집에서 만들어 먹으니 마트에 갈 이유가 없었다. 농촌에 오면 농촌의 법을 따라야 한다. 나도 어르신들을 따라 마트 대체 자급 프로젝트에 들어갔다.

마트에서 돈이 가장 많이 드는 건 시간으로 맛을 내는 발효 식품이다. 나는 할아버지 식성을 닮아 발효 식품 가운데 김치를 가장 많이 소비했다. 김치를 만드는 것에서 나의 자급이 시작되었다.

첫해에는 김장을 크게 하는 집 일손을 도왔다. 배추, 무, 양파, 마늘, 생강, 고춧가루, 찹쌀, 꿀, 소금 등 김치는 재료가 참 많이 들어갔다. 그런데 재료를 보니 1년 농사지은 작물을 모조리 집어넣은 것이었다. 김치라는 게 냉장고가 없던 시절 저장을 위해 가을까지 생산된 모든 식재료에 소금을 넣고 보관하는 것이니 사실 별 특별할 것이 없었다. 그냥 1년 동안 생산된 것들을 지역에 따라 기호에 따라 섞는 것이라고 생각하니, '김치' 하면 떠오르는 대대적인 김장과 발효의 과학이 어렵지만은 않다는 생각이 들었다.

다음 해에는 농장에서 자급 가능한 무와 배추 몇 포기를 제외하고 나머지 재료는 사서 직접 해보기로 했다. 서울에 있는 호텔에서 요리사를 했다는 동네 동생을 초빙해 김장 수업을 들었다. 여러 재료를 섞어 절인 김치에 버무리고 나니 김장은 의외로 빨리 끝나버렸다. 김치의 맛은 손맛이 아니라 시간의 맛이니 걱정할 것이 없었다. 익은 김치는 역시 맛이 좋았다.

다음으로 도전한 것은 술이었다. 술을 좋아해 식비에서 단연 술값이 차지하는 비중이 높았다. 술을 집에서 만들어 먹는 다면 마트에서 쓰는 비용을 절반은 절약할 수 있었다. 주류 자급 은 삼례에 살던 한승의 취미에서 비롯했다.

한승은 커피 볶는 것 말고도 여러 일에 관심이 많았다. 그중 술 빚는 일에 흥미를 느껴 집에 술독을 몇 개씩 가져다 놓고 술을 빚었다. 그의 집에 놀러 가면 항상 그가 빚은 귀한 술을 맛 볼 수 있었다. 동냥 술을 먹은 지 두 해가 지나자 한승은 나에게 직접 술 빚는 법을 가르쳐주겠다고 했다.

우리가 만들 술은 밀로 만든 누룩과 쌀을 이용해 만드는 삼양주였다. 누룩은 당장 만들 수 없으니, 일단 시중에 시판된 누 룩을 사서 빚기로 했다. 묵은 쌀을 깨끗이 씻어 물에 불리는 것으 로 술 빚기는 시작되었다. 기다리는 일이 지루하면 전날 자기 전 에 쌀을 물에 불려놓으면 된다. 충분히 불은 쌀을 다시 여러 번 씻어 쌀뜨물이 나오지 않게 한다. 그리고 쌀 양 다섯 배의 물을 넣고 죽처럼 끓이면 첫 술에 들어갈 고두밥이 완성된다. 고두밥 을 찌고 물을 따로 섞는 것이 원칙이지만 한승은 발효가 잘되도 록 하기 위해 죽을 쒀 누룩과 섞는다고 했다. 다 된 고두밥을 식

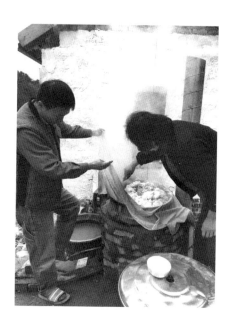

삼양주를 빚는 모습

혀 누룩과 골고루 섞어 항아리에 넣으면 술 빚기 1차 작업은 끝난다.

며칠이 지나고 1차로 작업된 술에 고두밥을 더 쪄서 넣었다. 그러면 2차 작업도 끝난다. 또 며칠이 지난 뒤 마지막으로 고두밥을 넣었다. 이렇게 고두밥을 세 번 넣어 익힌다 하여 삼양주라는 이름이 생겨났다. 무언가 빠진 게 있지 않을까 싶을 정도로 술을 만드는 방법이 단순했다. 그런데 이게 끝이다. 그 뒤에는 끈기 있게 기다리기만 하면 되었다.

시간이 만들어내는 음식들은 만드는 방법이 생각보다 단순했다. 직접 하기 전엔 막연하게 복잡하고 어떤 비밀이 숨어 있으리라 예상했지만, 막상 해보면 누구나 따라할 수 있다. 집에서 두 가지만 자급했을 뿐인데도 마트에서 소비하는 식비가 크게 줄었다. 집에 내가 만든 김치와 술이 있으니 밥을 집에서 먹는 날이 많아졌다.

집에서 밥을 먹으면서부터 바깥 음식이 맛이 없어졌다. 그도 그럴 것이 요리를 해보니 무엇이든 맛있으려면 좋은 재료가 아낌없이 들어가야 했다. 그런데 식당은 이윤을 남겨야 하는 법이니 싼 재료를 딱 맛이 날 만큼만 넣을 수밖에 없다. 그러니 집에서 하는 음식이 간만 맞으면 훨씬 맛이 좋을 수밖에. 아무거나 먹던 혀가 맛을 알아버리자 결국 먹은 음식을 하나씩 집에서 하는 날이 많아졌다.

'자기자본' 축척론

※

남에게 아쉬운 소리 안 하며 살고 싶었다. 그래서 산골로 들어왔고 이런저런 자급의 기술을 익혔다. 그 과정을 통해 내가 얻은 교훈이 있다면, 머리를 조아리지 않는 삶을 살려면 '나의 자본'을 축적해야 한다는 점이다. 산골에서 자기자본을 축적하는 유일한 방법은 '소비를 줄이는 소비'를 하는 것이다. 소비를 줄이는 소비에는 두 가지 방법이 있다. 하나는 눈에 보이는 실물자산을 획득하는 것, 다른 하나는 눈에 보이지는 않으나 나의 몸속에 체화되는 무형의 자본, 즉 기술을 얻는 것이다.

실물자산을 획득하는 소비는 즉각적으로 티가 나는 것은 아니다. 처음 완주로 내려왔을 때 나는 월 90만 원 정도를 벌었다. 어찌 보면 생활하기에도 빠듯한 돈이었지만, 목표를 가지고 소비하면 적은 돈도 아니다. 이때 나의 목표는 운송 수단 마련에 집중되었다. 집세를 내거나 술을 먹는 것은 쓰고 나면 사라지는 소비였지만 오토바이나 차는 달랐다. 그것들은 나를 더 멀리까지 데려다주고 더 많은 짐을 나를 수 있게 해준다. 이러한 운송수단이 마련되었기에 나는 더 자유로운 활동이 보장된 너멍굴로 들어갈 수 있었다.

토지를 소비한 것은 자본 축적 최고의 한 수였다. 처음 땅을 산다고 했을 때 나를 보는 사람마다 말렸다. 너무 어린 나이에 빚으로 땅을 샀으니 마음이 바뀌거나 빚을 갚지 못하면 어쩌느냐고 다들 난리였다. 그러나 빚은 한번 지면 가격이 오르지 않지만 물가는 계속 오른다. 빚으로라도 땅을 가지고 있으면 농산물의 가격이 매년 올라 작년과 같은 농사만 지어도 점점 빚이 탕

감된다.* 그렇다면 어린 나이에 땅을 산 것이 문제가 아니다. 오히려 하루라도 젊을 때 자신의 농토를 소유해야 한다.

너멍굴에서 살면서도 같은 원리의 자본 축적이 이뤄졌다. 약간의 일을 하고 생기는 돈은 집을 짓거나 나무를 심는 데 사용했다. 이런 소비는 당장의 먹을 것이나 또 다른 소득으로 이어지지는 못했다. 그러나 시간이 흐르고 집이라는 눈앞에 보이는 자산이 생기자 주거에 들어가는 소비가 순식간에 줄었다. 매실이나 사과, 호두 같은 나무를 심는 일도 마찬가지다. 지금 당장은 나무에서 아무것도 열리지 않는다. 그러나 3년이 지나고 5년이 지나면 나무들은 자라 매년 귀한 열매를 맺을 것이다. 빈한한 통장에서 나무를 위한 자금을 마련하는 것은 지금의 소비로 커다란 나무를 미리 마련하는 것이고, 돈을 실물자본으로 연결하는 확실한 방법이다.

기술자본을 익히는 것은 보다 빠르게 자기자본이 늘어나는 효과로 돌아온다. 당장 배추, 무를 키워 김장을 할 수 있고 쌀을 생산해 술을 담글 수 있으면 식비는 빠르게 준다. 이러한 농

---

* 처음 고춧가루 농사를 했을 때 유기농 고춧가루 한 근에 1만 5000원은 엄청 비싼 편이었다. 그러나 2020년에는 내가 생산한 고춧가루를 1근에 3만 원 받았다. 고춧가루로 빚을 갚는 것이니, 이는 1억 원의 빚이 불과 3~4년 만에 반으로 줄어든 셈이다.

업 기술뿐 아니라 생활에 필요한 기술도 효과가 즉각적이다. 전기를 다룰 줄 알고 용접을 할 줄 알면 기술자를 불러 전기를 고치고 보일러를 설치하는 비용을 크게 절감할 수 있다. 이러한 기술자본은 다시 자본의 축적을 불러와 잉여자본의 선순환을 일으켰다.

산골에서 생활하며 자급하는 것이 하나둘 늘자 통장 잔고가 조금씩 불어났다. 이는 벌이를 늘리는 것이 아닌 소비를 줄이는 방법으로 만든 자본 축적의 선순환이었다. 많이 버는 것이 오히려 내 시간을 빼앗고 자유를 박탈한다. 그보다 소비를 줄이는 소비를 하고 남은 돈을 기술을 익히는 데 투자하면, 산골에서 더 많은 여유와 자유를 누릴 수 있다.

은혜는 잊지 않는다

아기자기텃밭

✦

2018년부터 너멍굴 골짜기에서 협업 농장을 운영했다. 다섯 가구가 공동 작업으로 경작하는 이 농장을 아기자기텃밭 (일명 아자텃밭)이라고 불렀다. 아자텃밭은 토종씨앗모임에 모태를 두었다. 토종씨앗모임은 2015년부터 거대 종자 회사에 빼앗겨온 우리 씨앗의 중요성을 알리고 지켜야 한다는 취지로 활동해왔다. 모임에서는 봄이 되면 토종 씨앗으로 모종을 만들어 텃밭 농사를 하는 가정에 무료로 보급하고 씨앗을 채종했다. 채종한 씨앗을 보관, 전시하는 씨앗박물관을 만들어 지역 행사에 참가해 사람들에게 종자의 중요성을 알렸다.

그러나 씨앗모임은 실제로 농사를 짓는 회원이 별로 없어 채종에 많은 어려움을 겪었다. 그러던 중 농사를 작게나마 지어보고 싶은 사람들이 너멍굴에 모여 공동 텃밭을 결성했다. 이렇게 형성된 아자텃밭은 토종씨앗모임의 유일한 전업농 이종란 선생님의 지도로 건실하게 성장했다. 지역의 다른 모임들이 지역민들이 만나서 대화를 나누고 관계를 형성하는 역할을 주로 한다면, 아자텃밭은 노동을 위해 모인 조직이다. 농사일을 통해 농업에 관심은 있으나 쉽사리 접근하지 못하는 사람들에게 농업 기술을 전달하고 생산물을 나누었다.

나는 너멍굴에 큰 땅을 가지고 있었지만, 그 땅을 경작할 기술을 갖추지는 못했다. 그러던 중 아자텃밭이 결성된다는 소식을 듣고 잽싸게 텃밭원으로 참여할 의사를 밝혔다.

봄이 되고 텃밭원으로 총 다섯 가구가 모였다. 나의 농사 경험이 가장 일천했지만, 다행히 혼자 남자여서 힘쓰는 일을 도맡으며 부족하나마 한 명 몫을 할 수 있었다. 같이 하는 농사는 혼자 하는 것보다 훨씬 덜 힘들고 재미있다. 혼자서 넓은 밭을 경작하다 보면 생기는 무념무상의 지루함이 아자텃밭에는 파고들 틈이 없었다. 우리는 매주 월요일 공동으로 모여 노동하고 경작한 생산물을 나눠 먹었다. 여름이 오자 생산한 농작물이 혼자 먹기에 많을 정도로 넉넉하게 차고 넘쳤다.

공동 노동과 농사 기술의
살아 있는 학교가 되어준
아자텃밭

농산물 수확이나 공동 노동의 재미보다 더욱 도움이 되었던 것은 농사 기술의 씨앗을 배우는 일이었다. 농사 기술을 배울 수 있는 가장 좋은 방법은 '흉내 내기'이다. 언제 무엇을 심어야 할지, 언제 풀을 매고 물을 줘야 할지 모르겠다면? 옆에 농사짓는 어르신의 밭을 똑같이 흉내 내면 중간은 간다. 농사라는 것이 워낙 미묘한 변수가 많아서, 한두 해의 경험으로는 그 이치를 깨닫기가 쉽지 않다. 너멍굴에 위치한 아자텃밭은 그런 점에서 아주 훌륭한 '흉내 내기'의 공간이었다. 텃밭원들은 나와 추구하는 농법과 재배법도 같았다. 아자텃밭의 농 작업을 그대로 너멍굴 농장에 이식하면 중간보다 조금 더 나은 결과가 나왔다. 아자텃밭의 맹주였던 종란 선생님은 텃밭원들에게 채종법까지 가르쳐주셨다. 엄두가 안 나는 일은 같이 하면 의외로 쉽게 풀릴 때가 많다. 아자텃밭은 마땅히 농사 기술을 익힐 곳이 없던 나에게 아주 소중한 모임이었다.

전환기술 사회적협동조합

✳

완주에는 나 같은 '아마 자급러'*가 쌍수를 들어 환영하는 정말 큰 자랑이 하나 있다. 바로 에너지 자급을 연구하고 보급하는 '전환기술 사회적협동조합'이다. 이 조합은 사회적협동조합이라 자신들의 기술과 장비를 정말로 아낌없이 나누고 보급한다. 나의 자급을 향한 열정이 빠르게 현실화할 수 있었던 이유도 바로 이 전환기술 협동조합 덕분이다.

귀농을 결행하기 전 완주로 일주일 탐방하러 왔을 때였다. 나는 그때 입으로만 에너지 자급을 이야기하는 샌님에 지나지 않았다. 귀농을 생각한다는 나에게 이곳 이사님이 단도직입적으로 물었다.

"그래, 귀농 자금은 얼마나 준비해서 내려오세요?"

처음엔 그 말이 아주 무례하고, 이곳과 어울리지 않는 질

~~~~~~~~

*   자급을 추구하는 아마추어 단계의 사람들을 일컫는다.

문이라 여겼다. 대안에너지를 말하는 사람이 돈이라니. 마치 입에 담지 못할 단어를 올린 양 생각했다. 그러나 지금 다시 생각하면 그 말이 아주 절절하게 와 닿는다. 결국 모든 이상은 현실에 뿌리내리지 않으면 탁상공론에 불과하다. 기술도 땅도 없이 농사꾼이 되겠다고 말하는 젊은이에게 "도대체 뭘 믿고 힘든 일을 하려는가?"라고 질문하는 사람이 없으면, 나중에 그가 현실을 마주했을 때 얼마나 낙심하겠는가.

전환기술은 단순히 현실을 일깨우는 것에서 그치지 않았다. 막상 내려오자 여러 교육을 안내하고 배울 수 있도록 도와주었다. 물론 첫해에는 이상에 빠진 샌님 상태를 벗어나지 못해 전환기술의 혜택을 온전히 누릴 수 없었지만, 이듬해부터 상황은 완전히 바뀌었다.

내가 전환기술 협동조합에 본격적으로 드나들게 된 것은 그곳에서 '불나방'과 '낮도깨비'라는 클럽을 운영했기 때문이다. 이들은 전환기술 협동조합의 우수하고 다양한 목공용 기계, 용접 및 철물 기계를 외부인에게 안전 교육을 한 뒤 마음껏 이용할 수 있게 해주는 혁명적인 클럽이다. 낮에 열리는 클럽이 '낮도깨비', 밤에 열리는 클럽이 '불나방'이라 불렸다. 클럽은 철저하게 회원제로 운영되었다. 회원은 매달 만 원씩 전환기술에 후원한다.

나는 없는 살림을 쪼개 회원으로 등록했다. 집을 짓는 동안 매일같이 클럽을 이용했다. 클럽에서 전동 공구 사용법을 익혔고 정교하게 만들어야 하는 목재 작업을 했다. 협동조합에서 일하는 사람들은 나에게 아주 호의적이었다. 아마도 내가 기술도 돈도 없이 집을 짓는 걸 보고 짠해서 도와주고 싶었던 것이 아닌가 싶다.

출입이 늘자 자연히 그곳 교육에도 관심이 생겼다. 그렇게 용접과 전기를 배울 수 있었다. 이는 너멍가옥의 현대화에 지대한 공을 세웠다. 태양광 발전에 관한 교육은 언젠가는 오게 될 너멍굴의 전기 자급 작전에 많은 영감을 불어넣어 주었다.

어느 곳에나 독창적인 문화가 발전하면 그것을 추종하는 세력이 몰려들게 마련이다. 전환기술 협동조합은 대안에너지라는 다소 생소한 문화를 완주에 정착시켰다. 나 또한 자급 문화를 추종하는 아마추어로서 전환기술 협동조합이 완주에 피워 놓은 문화를 향유하며 살고 있다.

벗들이 있기에

⁂

사람도 없는 산골에서 어떻게 버티냐고 묻는 사람이 많

다. 물론 나도 사람인지라 산골 생활이 불편하고 무섭다. 밤에 아무도 없는 골짜기에 고라니 울음소리라도 울려 퍼지면, 괜스레 기분 나쁜 잡생각이 들었다. 내가 너멍굴로 들어가던 해에 〈곡성〉이라는 영화가 개봉했다. 보고 나서 후유증이 너무 컸다. 한번 생각의 꼬리를 잡고 나니 골짜기 짐승도, 가끔 찾아오는 포수도 무서웠다. 이런 상태가 지속되었다면 난 얼마 버티지 못하고 산 아래로 내려왔을 것이다. 그러나 나에게는 귀한 벗들이 있어 공포의 시간을 무사히 넘길 수 있었다.

고등학교 때부터 알던 운혁. 그는 한눈에 봐도 '크다'는 생각이 들 정도의 거구다. 신발 사이즈가 300밀리미터에 달해 시중에서 그에게 맞는 신발을 구하기 힘들 정도였다. 학창 시절에는 친한 사이가 아니었다. 각자 다른 대학교로 진학해 자주 보지도 않았다. 몇 년이 흐르고 우연하게 다시 만난 우리는 침실에서 업무를 본다던 대통령을 싫어했고 모든 술을 좋아하는 점이 잘 통해 벗의 인연을 맺었다.

운혁은 희곡을 쓰는 작가다. 그는 내가 너멍굴로 들어가던 때 자신의 새로운 작품을 구상 중이었다.

"나 거기 가서 좀 오래 있어도 되나?"

"당장 와. 너무 고맙다."

수화기 너머로 벗이 반가운 제안을 해왔다. 〈곡성〉의 공포로 해가 지면 밖에도 못 나가던 나는 그의 방문에 큰 힘을 얻었다. '좀 오래'는 그의 작품을 쓰기에도 나의 두려움을 없애기에도 충분한 시간이었다. 늦가을 끝에 온 그는 한 달하고도 반을 너멍굴에 머물렀다. 낮에는 같이 짐을 나르며 나의 일을 도왔고 저녁에는 술 한잔 기울이며 이런저런 세상 이야기에 시간 가는 줄 몰랐다. 시간이 흘러 그는 집으로 돌아갔다. 나는 두려움을 떨치고 너멍굴의 삶을 다시 시작할 수 있었다.

운혁의 은혜에 보답할 날은 생각보다 빨리 찾아왔다. 내가 너멍굴에 들어가고 1년 뒤였다. 그는 서해안에 있는 섬으로 이주한다고 했다. 그곳에서 안정된 일자리를 잡고 글을 쓴다고. 벗은 이사할 짐이 좀 있는데 걸음마 1호를 이용해 짐을 날라줄 수 있겠는지 물었다. 나는 처음 너멍굴로 들어온 그날을 떠올렸다. 지체 없이 걸음마 1호를 끌고 그의 집으로 달려갔다. 짐은 역시 단출했다. 그와 함께 섬에 들어가 4일을 보냈다. 이후로도 우린 서로의 생사를 보러 두세 달에 한 번 섬과 산을 오간다.

나보다 6개월 일찍 완주에 내려온 태수라는 형이 있다. 그는 별호로 하임이라는 호칭을 사용했다. 형은 완주에서 가구를 만드는 목수다. 나는 형의 차분한 말투와 타인을 배려하는 마음에 매료되었다. 형은 나의 기행에 호감을 느껴, 우리 둘은 벗이 되었다. 내가 너멍굴로 들어가 집을 지을 때 형은 늘 입버릇처럼 말했다.

　　"일하다 힘든 날은 언제든 와서 씻고 쉬다가요."

　　형은 항상 나에게 존댓말을 했다. 내가 매번 말을 낮추라고 해도 자신만의 존중의 표현이라며 말을 높였다. 힘든 날이면 늘 하임의 제안이 솔깃했지만 진짜 힘든 날을 위해 아껴두었다. 그러다가 그의 도움을 받은 것은 가을이 겨울로 변해가는 때였다. 당시는 너멍초가를 허물고 안채를 짓던 중이었다. 안채에 들어가 살 환경은 못 되는데 텐트에 들어가기엔 추운 날이 계속되었다. '하임 찬스'를 써야 할 때가 왔음을 직감했다. 나는 그에게 집에서 잘 수 있을 때까지만 며칠 묵을 수 있을지 물었다. 그는 너무도 흔쾌히 집 없는 지주를 받아주었다. 그때부터 무려 한 달을 그의 집에서 기거하며 안채를 지었다.

　　그의 도움을 받지 못했다면 난 그해 겨울 얼어 죽었을 것이다. 과장을 섞어 농으로 말하는 것이 아니다. 사실이 그랬다. 동물들이 겨울에 많이 죽는 것은 온기 없는 밖에 매일 머물기 때문이다. 만약 그때 내가 텐트를 치고 월동에 들어갔다면 나는 그런 동물과 같은 상황에 처했을 것이다.

　　자고로 옛 선현의 말씀에 "은혜와 원수는 잊지 않는다"고 했다. 이는 받은 것을 받은 이가 꼭 기억해야 함을 말하는 경구이다. 살다 보면 도움을 받지 않으려 해도 참 여러 사람이 서로 돕고 도우며 살아간다. 이번에 내가 도움을 받으면 언젠가 돌고 돌아 내가 도움을 주어야 하는 차례가 온다. 그때 내가 나에게 도움을 준 이들을 잊지 않고 이자까지 톡톡히 쳐서 그들을 도울 수 있기를 바란다.

스승의 조건

풍년댐과 비버

✳

인간의 모든 지식은 자연으로부터 왔다. 자연을 잘 살피면 아무리 어려운 난관을 만나도 헤쳐 갈 지혜를 찾을 수 있다. 농사는 자연을 상대하는 일이기에 관찰의 효과가 더욱 크다.

떼알농장에서 논농사를 지은 첫해 모를 내고 아주 큰 가뭄을 맞았다. 가뭄이 두 달 가까이 지속되자 논에 물을 대는 저수지의 물이 말라버리는 사태에 직면했다. 다들 논에 물을 가두지 못해 난리가 났다. 어떤 농사꾼이 소방차까지 동원해 논에 물을 대는 촌극까지 벌어졌다. 작은 소방차 몇 대로 논에 물을 채울 리만무했지만, 이때 농민의 마음이 다 그와 같았다.

떼알 논에 물을 댈 수 있는 방법은 두 가지였다. 하나는 저수지의 물을 양수기로 퍼 올리는 방법, 두 번째는 논 옆으로 흐르는 도랑의 물을 집어넣는 방법이었다. 저수지에 물이 넉넉할 때는 양수기의 물만으로도 논이 차고 넘친다. 사실 저수지의 물이 마르는 일은 거의 없었기 때문에 도랑의 물을 논으로 대는 건 잊힌 지 오래였다. 그러나 저수지가 말랐으니 도랑의 물길을 살리는 도리밖에 없었다.

도랑의 물길을 논으로 돌리려면 둑을 쌓아 물을 가두는 보를 만들어야 한다. 일단 도랑으로 들어가 사방에 올라온 미나리를 뜯어 물길이 잘 보이게 만들었다. 그리고 흙과 돌을 구해 둑을 쌓았다. 여간 힘든 일이 아니었다. 그런데 힘들게 흙과 돌을 쌓은 보람도 없이 다음 날에는 어김없이 물살에 흙이 쓸려 내려갔다. 나중에는 주변에 굴러다니는 퇴비 포대와 비닐까지 총동원해 물을 막아보았지만 잠시뿐이었다. 그렇게 물길과의 사투가 길어질수록 논바닥은 말라갔다.

어릴 적 〈동물의 왕국〉을 아주 좋아했다. 동물들이 무슨 생각으로 저렇게 열심히 움직일까 싶어 매일 챙겨봤다. 아무리 노력해도 막히질 않는 도랑의 물을 보며 망연자실하고 있을 때 머릿속에 〈동물의 왕국〉에 나왔던 '재주꾼 비버'가 떠올랐다. 나뭇가지로 댐을 만드는 물속의 공병 비버 방식대로 댐을 만들면 어떨까? 비버의 재료는 나뭇가지와 풀이다. 자연에서 구할 수 있는 가장 약한 재료들로 스크린 속 비버가 얼기설기 물길을 막아 내지 않았던가.

될까 싶었지만 선택의 여지가 없었다. 주변에서 풀을 구해 무너진 돌둑 사이를 채워 나갔다. 풀과 나뭇가지가 약한 데다 사이사이 공간이 많아 안 될 것 같았다. 그런데 해보니 그 어떤 흙과 돌, 비닐보다 완벽하게 물을 막았다. 내가 만들었지만 믿기지 않았다. 풀은 얼마나 가벼운가. 흙 한 삽을 퍼 나를 공력이면 풀 한 아름을 안고 올 수 있다. 며칠을 노력해도 제자리걸음이던 물길이 단 몇 시간 만에 완벽하게 막혔다.

막힌 도랑에는 물이 차올랐다. 논으로 흘러 들어가는 수관을 통해 물이 빠져나갔다. 떼알 논으로 물이 들어가고 있었다.

'재주꾼 비버'의 가르침에 절로 고개가 숙여졌다. 내 머리로는 도저히 안 될 것 같은 일도 다른 생명들은 부지런히 해낸다. 다 되니까 하는 거다. 한낱 미물이라 얕잡아보면 안 된다. 그 방면에선 우리보다 훨씬 나은 미물이 세상엔 참으로 많다.

'옥선 농법'의 위대함

✳

옥선 할머니는 너멍굴 안에서 제일가는 농사의 달인이다. 그녀는 노구임에도 활동적이며 목소리가 곱고 꾀를 두루 갖췄다. 2017년부터 옥선 할머니의 한해 농사를 매일 지켜보았다. 그러면서 그녀에게 가르침을 얻었다.

그녀가 가장 역점을 두는 농법은 '힘들면 안 돼'였다. 그녀를 멀리서 보면 움직이는지조차 알 수 없었다. 항상 가만히 쪼그려 앉아 있었다. 그 모습이 이상해 다가가 보면, 그녀는 손을 아주 느리지만 리듬감 있게 움직이고 있었다. 특히 감동한 것은 절대 무리하지 않는 태도였다. 배가 고프면 시간에 개의치 않고 준비한 도시락을 까 먹었다. 물이 부족하면 나에게 와 물을 청하고 우리 집 마당에서 같이 앉아 쉬기 일쑤였다. 얼핏 보면 그녀는 농업인 중 가장 긴 시간을 노동하는 것으로 보인다. 땀을 뻘뻘 흘리는 나와 비교하자면 노는 것인지 일하는 것인지 구분할 수 없는 놀이를 하는 듯했다. 그럼에도 그녀의 광대한 농토는 항시 기름지고 풍요로우니, '힘들면 안 돼 농법'은 그녀가 나에게 준 큰 가르침 가운데 첫 번째라 부르기에 손색이 없다.

그녀는 쉼 없는 관찰자였다. 바라보는 눈빛과 움직이는 손끝은 항상 무언가를 느끼고 있었다. 참깨를 심고 며칠 뒤, 깨밭

너멍굴 케일의 농사 달인, 옥선 할머니의 밭. 땅과 노동을 혁신적인 수준에서 효율적으로 사용한다.

에서 그녀를 만났다. 그녀는 나에게 참깨 씨를 주며 끊임없이 땅을 바라보았다. 그러곤 말했다.

"새가 다 먹었구만."

믿을 수 없었다. 내 시력이 좌우 공히 1.5인데, 나의 눈에도 안 보이는 새 발자국이 그녀에겐 보인다고 했다. 그러더니 손으로 흙을 퍼 만져보았다. 참깨가 없단다. 맙소사. 저 거친 손에서 흙 속의 참깨 알이 느껴진단 말인가. 비결을 묻는 나에게 그녀는 말했다.

"계속 보면 알지."

우문현답이었다. 다른 게 아니라 그저 면밀히 보면 되는 것이구나. 그 가르침 이후 하루에 한 번 작물의 생김과 산과 들의 색을 바라보았다. 아주 신기한 것은 계속 보면 조금씩 달라지는 모습을 볼 수 있다는 사실이다.

'꾀'란 장정도 하기 힘든 일을 해내는 옥선 할머니 농법의 정수였다. 어느 날 그늘에서 물을 나눠 마시다가, 참깨와 들깨를 같이 심는 그녀의 새로운 구상을 듣게 되었다. 참깨를 두둑에 심고, 한 달 뒤에 고랑에 들깨를 심는다. 참깨는 건조한 것을 좋아하고, 들깨는 습한 것을 좋아한다. 또한 참깨는 길게 위로 자라나니, 뒤늦게 자라는 들깨의 햇빛을 탐하지 않는다. 엄청난 땅의 이용 효율과 면밀하게 들어맞는 작물의 생육 주기를 떠올리며 감동의 눈빛으로 물었다.

"원래 이렇게 심으셨어요?"

옥선은 대답했다.

"아니. 밭은 하나고, 꿩 먹고 알 먹고 하려구."

심지어 그 혁신적 구상은 올해 그녀가 처음 시도하는 농법이었다. 나이가 들면 경직된다고 믿었던 나에게 그녀의 도전 정신과 창의성은 충격 그 자체였다. 나이가 들면 잊히는 것이 당연한 사회를 비웃는 듯한 옥선 할머니는 그 순간 나의 선생님이 되었다.

새로 배우는 것이 금세 무용해지는 세상이다. '변화를 두려워하지 말고 도전을 평생의 과업으로 삼아 살라'고 말하는 명사들의 강연을 들으면서 '우리를 다 경쟁의 늪에 빠뜨려 죽이려 한다'고 불평했다. 그런데 가끔 읍내에 나가는 것을 빼면 평생 농사만 지은 할머니에게서 변화에 대처하는 의연함과 도전의 용맹함을 느낀다. 물론 명사가 말하는 변화 도전과는 다른 것이지만, 옥선 할머니는 새 시대의 인재임에 틀림없다. 변화네 혁신이네 나불대는 4차 산업혁명 시대, 나는 평생 농사를 지어온 어르신에게서 새 시대의 정신을 발견했다.

완주 자연 농법의 선구자, 이종란

⁂

종란 선생님은 내가 아는 농사꾼 중 손이 가장 빠른 사람이다. 기계를 쓰지 않고 여러 곳의 농장을 가꾸고, 수많은 사람과 모임을 가지며 활발하게 사회 활동을 하는데도 선생님의 농장이 모두 작물로 가득 차 있는 건 바로 그 때문이다. 손이 얼마나 빠르냐면, 농사를 업으로 삼는 사람들 평균 작업 속도의 정확히 두 배라고 보면 된다. 보통 농군이 풀을 한 줄 처리할 때 그녀는 두 줄을 매고 옆줄로 넘어간다. 그러니 농 작업을 같이 할 때 선생님과 비슷하게 하려다가는 필시 다음 날 몸이 무겁고 늦잠을 자게 된다.

선생님이 완주로 온 때는 지금으로부터 20년 전이다. 처음 왔을 때 선생께서는 유기농법으로 농사를 지으셨다고 했다.

그러다 9년 전부터 자연 농법*으로 1000평이 조금 넘는 밭에 작물을 기르고 있다. 선생님의 오랜 노력을 알고 있는 사람들은 열매가 조금 작고 볼품없어도 앞 다퉈 선생의 농산물을 사 간다. 전주에서는 소비자 십수 명이 모여 격주로 선생님의 농산물을 꾸러미처럼 받아먹는다고 했다. 완주에서 자연 농법으로 밭을 일궈 소득으로 이어가는 농사꾼은 종란 선생님이 유일했다.

최대한 자연 본래의 힘으로 밭을 가꾸는 것과 더불어 선생은 종자의 주권이 농민에게서 거대 기업에게로 넘어간 현실을 바꾸고자 노력해왔다. 완주에 토종씨앗모임을 결성해 씨앗을 채종하고 보급하는 데 앞장선 것도 선생님이다.

내가 선생님과 처음 만난 곳이 바로 토종씨앗모임이다. 귀농 첫해에는 선생님이 하는 농사를 귀로 듣기만 했다. 그러다 한 해가 지나고 고산초등학교 텃밭 수업에 같이 나가게 되었다. 말이야 같이 진행했지 사실 나 또한 학생이 되어 부지런히 농사를 익혔다. 그렇게 또 1년이 지나 그다음 해에는 아자텃밭에서 만났다. 노동을 통해 배우니 훨씬 습득이 빨랐다. 밭을 만드는 것

---

* 　후쿠오카 마사노부에 의해 창시된 농법이다. 땅을 갈지 않는 무경운을 비롯해 무제초, 무비료, 무농약이라는 특징이 있기에 4무 농법이라고도 불린다.

에서 채종까지 두 번을 반복하자 농사가 조금씩 눈에 들어왔다.

　　　선생님과 같이 일하면 몸이 고단한 만큼 익히는 속도도 몇 배나 빨랐다. 특히 낫과 호미를 다루는 요령을 선생님께 배운 것은 탈석유 농법을 시도하는 나에겐 큰 축복이었다. 아직 스승의 낫질에 담긴 오묘한 이치를 깨치기엔 모자란 손놀림이지만, 함께할 시간은 많으니 걱정이 없다.

네 살림 공동체

'씨앗받는농부' 영농조합

⁕

2018년 겨울, 고산에 새로운 영농조합이 생겼다. 영농조합은 토종 씨앗으로 농사짓는 사람들의 판로를 보장하고, 소농의 생존을 도모하자는 취지를 가졌다. 그러나 토종 씨앗은 종자 회사에서 판매하는 씨앗보다 생산량이 떨어진다. 일반 씨앗과 똑같이 경쟁해서는 농민들에게 외면받기 십상이다. 그나마 토종 씨앗으로 농사짓는 사람들이 생산자로 모여 공동으로 판매하면 이야기가 달라진다. 토종 씨앗의 가치를 알아주는 완주 로컬푸드 협동조합이나 한살림에 납품하면 적정한 가격에 안정된 판로가 보장되었다.

가능성을 본 열여덟 가구의 농가가 영농조합에 합류했고, 그 이름을 '씨앗받는농부'라고 지었다.

모임의 전신은 역시 토종씨앗모임이었다. 씨앗의 중요성을 알리는 활동을 진행하고 3년이 지나 지역 농가들이 직접 사업으로 발전시킨 모임이다. 법인을 만들기 위해 토종 씨앗에 관심 있는 고산 농가들이 모여 창립총회를 개최했다. 법인 대표는 그간 가장 헌신적으로 활동한 이종란 선생님이 맡았고, 각 생산자들이 실무를 나눠 맡았다.

법인은 농사를 체험하는 활동과는 달랐다. 수익이 나야 하는 법인의 성격을 가졌기 때문에 주로 재배하는 작물과 수익 모델이 있어야 했다. 씨앗받는농부 영농조합이 주작목으로 선택한 것은 토종 고추였다. 우리나라에 보급된 토종 고추는 그 종류가 수십 종에 이른다. 그중 종란 선생님이 채종하고 농사지은 칠성초, 음성재래가 주품종으로 선정됐다.

고추는 모종 농사를 2월 초에 시작한다. 아직은 영하의 추운 날씨이기에 하우스 안에 열선을 깔고 하우스를 하나 더 덮어야만 모종이 자라날 수 있는 25도의 온도가 된다. 고추종자는 처음 두 달 동안은 아주 애지중지 키워야 한다. 여러 사람이 토종 씨앗으로 농사짓겠다고 나섰지만 모종을 키우기는 아무나 할 수 있는 일이 아니었다. 토종 씨앗을 수년간 지어온 종란 선생님이 다시 나섰다. 그녀는 자비로 200평의 모종 하우스를 짓고 생산자들을 위한 모종 농사를 시작했다. 모종이 무려 2만 주에 달했다.

"자립하는 소농을 위하여"라는 꼭 필요한 기치를 내걸고 출발한 영농조합이었지만 초기 자본은 턱없이 부족했다. 어느 조직이든 초창기에 물적 투자가 대대적으로 들어가기 마련인데, 소농이 모인 조직이라 그걸 감당할 수 있는 사람이 없었다. 그때 나선 곳이 고산면 율곡리에 위치한 율곡교회였다.

율곡교회는 지역 농민이 마주한 현안을 위해 항상 앞장섰다. 고산면에 친환경 농가가 많아진 것도 1980년대부터 율곡교회가 적극 지원했기 때문이었다. 고산면 농민의 가난한 호주머니 사정을 한우를 키워 돌파하자고 처음 제안한 것도 교회의 청년 모임이었다.* 그런 교회가 토종 씨앗 농가들의 생존을 위해 도움을 주기로 한 것이다. 교회의 공간을 사무실로 내줬고 총회

---

* 한우 가격이 폭락했을 때부터 한우 농가를 지킨 고산면은 현재 완주군의 다른 읍면에 비해 한우 농가 비율이 높고 소득도 상당히 올리고 있다. 이들은 1980년대에 농촌을 지키기 위해 '뿌리회'라는 조직을 만들어 한우를 키웠다. 그러다가 1980년대 후반 율곡교회의 지원과 함께 한우영농조합법인이라는 전라북도 1호 협동조합을 만들었다. "소보다 개가 비싸던 시절",《완주한우협동조합 소식지》, 2017. 4.

나 간담회를 열 수 있도록 지원했다.

나는 종란 선생님의 권유로 영농조합 법인에 뒤늦게 합류했다. 선생님은 젊은 소농들이 지역에 자리를 잡아야 지역의 농업 전체가 발전할 수 있다고 말씀했다. 당장 소득이 나는 작물을 생각해둔 게 없다면 같이 토종 씨앗으로 농사를 짓자고 했다. 나도 실험만 하는 농사가 아닌 소득이 나는 농업에 대해 고민이 많았던 터라 선생님의 제안을 흔쾌히 받아들였다.

너멍굴에는 음성재래종으로 고추 1000주를 심기로 했다. 종자를 사서 써야 했지만, 선생님은 내 주머니 사정을 꿰뚫어 보았다. 그러고는 "돈은 됐고 모종 작업할 때 일손을 돕고 모종을 가져가라"라고 말씀했다.

1000평 고추밭과 네 살림 공동체

✵

씨앗받는농부 영농조합 법인에서는 나뿐 아니라 지역에서 살아남고자 하는 초보 농사꾼을 모아 공동 농장을 세웠다. 소농들은 대부분 혼자 노동하는 경우가 많다. 농기계나 화학 농약을 사용하지 않거나 인부를 부리지 않으면 농사짓기가 여간 어려운 게 아니다. 그런데 이 모든 게 결국 비용이다. 일반 농민들도 적은 소득에 시달리는데 소농은 소득을 견인하는 지출을 감당하기가 더욱 어려웠다. 공동 농장에서는 소농을 모아 품앗이로 농기계를 대신하고, 친환경 농업과 토종 씨앗 보급의 새로운 모델을 만들려고 했다.

　　나를 포함해 지역에 사는 초보 농사꾼 세 가정이 모였다. 우리는 길잡이로 종란 선생님을 잡고, 분토골에 1000평의 밭을 임대했다.* 회의를 통해 우리는 공동 농장에 5000주의 칠성초를 심기로 결성했다. 토종 씨앗은 서로 다른 종자가 교잡되면 종 보전에 문제가 되기 때문에 각 종의 고추를 서로 멀리 떨어뜨려 심어야 한다. 가장 좋은 방법은 골짜기 별로 다른 종자를 심어 종자를 유지 보전하는 것이다. 그러한 원칙에 따라 너멍굴은 음성재래종을, 분토골은 칠성초를 심기로 결정했다.

　　농사 방법은 유기농 인증을 목표로 농약과 비료를 치지 않는 것에 원칙을 두었다. 그런데 모두들 친환경 농사에 관심이 많은 사람들이라 무농약 무비료만으로는 성에 차지 않았던 모양이다. 한 사람이 멀칭용 비닐 사용에 대해 운을 떼자 모두들 앞

~~~~~~~~~~~~

* 　분토골은 너멍굴에서 서쪽으로 산을 두 개 넘으면 나오는 또 하나의 율곡리 골짜기이다. 이종란 선생님은 분토골에서 살았다. 공동 농장은 선생님의 농장 바로 위에 위치해 있다.

다퉈 비닐 사용을 꺼린다고 말했다. 사실 비닐을 쓰지 않으면 농업 생산량은 70퍼센트 정도로 떨어진다. 그런데 모두들 무비닐에 한 표를 행사했고, 결국 공동 농장의 세 번째 원칙으로 무비닐이 정해졌다.

처음 밭에 갔을 때, 경작을 안 한 지 오래되어 풀이 나무처럼 자라 누워 있었다. 겨울이라 망정이지 여름이었으면 풀에 손도 대지 못했을 것이다. 풀이 너무 우거져 트랙터도 밭을 갈지 못했다. 결국 네 가정이 3주에 걸쳐 1000평 땅에 있는 풀을 손으로 거둬냈다. 주변 농사꾼들은 "참 무식하게 농사짓는다"며 놀라움을 금치 못했다. 그랬다. 보통의 경우 그런 땅에는 불을 지르거나 더 큰 트랙터를 몰고 와 해결한다. 그런데 우리는 쫄보들이라 산골에 불을 놓을 만큼 강심장이 아니었다. 돈을 아낀다는 명목으로 큰 트랙터를 쓸 엄두도 못 냈다. 결국 사람이 많이 모여 있으니 인해전술로 문제를 돌파했다.

풀을 제거하고 트랙터로 밭을 갈았다. 트랙터로 밭을 갈면 마지기당 6만 원이 들었다. 우리 중 누구도 트랙터를 가지고 있는 사람이 없으니 다른 사람에게 부탁하고 비용을 지불해야 했다. 그런데 우리는 돈이 아닌 노동으로 비용을 지불하고자 했다. 마침 마늘을 심은 한 농가에서 돈 없는 거래에 선뜻 응해주었다. 풀을 모두 베어낸 농장에 트랙터가 들어와 시원하게 밭을 갈았다. 우리는 그 농가의 마늘밭에 가서 풀을 매주었다. 시골은 노동력이 아주 귀하다. 서로 귀한 것을 주고받았으니, 거래는 양쪽 모두에게 만족스러웠다. 돈보다 사람이 귀한 대접을 받는 땅에서 사니 나같이 가난한 사람도 주눅 들지 않았다.

분토골 공동 농사는 매주 한 번씩 모여 공동 작업을 했다. 공동 작업에는 도시락이 빠질 수 없었다. 각자 집에서 도시락을 싸 와 오전 작업을 마치고 모여 앉아 점심을 먹었다. 공동 농사와 더불어 매주 포트락 파티가 벌어진 셈이다. 이 농민판 포트락 파티는 메뉴와 양이 남다른 것이 특징이었다. 직접 캐온 산나물이나 담근 김치, 장과 밥이 한 상 가득 차려졌다. 거기에 직접 담근 술이 매주 종류를 달리해 올라왔다. 역시 노동에 지친 농민을 위로하는 것엔 농주만 한 것이 없었다. 영지버섯으로 담근 술이나 직접 거른 청주와 막걸리가 등장했다. 우리는 달큰하게 술이 올라 오후 농사를 즐겁게 마무리했다.

공동 농사 구성원이 꾸려지고 한 달 가까이 만나면서도 우리에게는 이름이 없었다. 토종 씨앗, 유기농, 공동 농사를 모두 담아내는 말을 선뜻 생각해내지 못했기 때문이었다. 이름은 다른 거창한 가치가 아닌 우리의 소박한 바람에서 나왔다.

"그저 우리 네 가정이 농사꾼으로 같이 살아남았으면 좋겠다."

"네 살림 공동체"라는 이름은 거창한 가치가 아닌 소박한 바람에서 나왔다.

우리가 진짜 바라는 것은 같이 살아남는 것뿐이었다. 그렇게 분토골 공동 농사는 "네 살림 공동체"가 되었다.

7장

가족의 탄생

내 두 손으로 직접 지은 집에서 살면서 내가 가진 모든 땅에서 경작을 하고 있었다. 사람이 살지 않고 풀로 가득 차 있던 너멍굴에 새 시대가 열린 것이다. 이제 너멍굴이라는 산골은 두 사람이 들어와 삶을 꾸리고 여느 할머니들의 밭처럼 작물로 빼곡히 들어찰 일만 남았다. 돌아보면 이 모든 것은 머리 조아리지 않고 자유롭게 살고 싶다는 바람이 만든 변화였다.

새 시대의 상징, 너멍 보리밭

묘령의 여인, 황포도

⁕

2018년 가을, 나는 짝꿍을 데려오겠다는 출사표를 던지고 일산으로 떠났다. 2회 영화제에서 스태프로 활동한 묘령의 여인에게 반해버린 나는 영화제가 끝나자마자 그녀가 산다는 일산으로 여정 길에 올랐다.

너멍굴에 살며 가장 힘든 점은 함께할 동지가 없다는 것이었다. 환경을 생각하는 삶을 살고 싶다고 말하는 사람은 많았지만 산골짜기에 박혀 여생을 보내고 싶다는 여인은 없었다. 그래도 어딘가에는 있겠지, 희망의 끈을 놓지 않았지만 해가 거듭될수록 그것은 실현 불가능한 꿈이 되어갔다. 그러던 2018년 여름, 영화제를 진행하며 그녀를 만났다. 4살 연상의 그녀는 깨어 있는 삶을 살고 싶다고 했다. 대화하고 일하는 동안 내 마음을 사로잡은 것은 그녀의 성실한 노동과 상대를 배려해주는 품성이었다.

그녀는 귀농에 관심이 많은 문화생활에 익숙한 도시 여성이다. 처음 만났을 때 그녀는 아직 벌레들의 위험함이나 자연의 잔혹함에 대해 알지 못했다. 너멍굴은 그 무서움을 알지 못하고 바라보면, 제법 멋지고 아름다운 그럴싸한 땅이다. 영화제 지원 스태프로 참가한 그녀에게 마음이 동한 나는 그녀가 산골의 위험함을 알아차리기 전에 그녀를 유혹하기로 결심했다.

이 작전은 시간이 생명이었다. 일단 매일 전화를 걸어 관심을 표현했다. 영화제가 끝나고 바로 다음 주에 그녀가 사는 일산으로 올라갔다. 이번 만남에 모든 것을 걸어야 했다. 내가 3년간 풍년이라곤 구경도 못 해본 농사꾼이라는 것을 알아채지 못했을 때 마음을 얻는 것이 나의 목표였다. 주말이 왔다. 일산에서 본 그녀는 천상 도시 여자였다. 감언이설과 술의 힘을 빌린 나의 출사표는 성공을 거두었다. 묘령의 여인이 나의 여자 친구가 되기로 한 것이다. 그러나 아직 난관은 남아 있었다.

여자 친구는 부인이 아니다. 시골에 내려와 사는 것이란 짐을 싸서 버스를 타기 전까진 모르는 일이다. 사귀는 데까지는 성공했지만 아직 그녀는 버스표를 끊지 않았다. 나는 다음 작전으로 바로 넘어갔다. 그녀가 정신 차리기 전에 버스표를 끊고 내려오게 하는 것이 다음 작전의 목표였다. 그녀가 귀농에 관심이 있으니 이미 절반은 성공한 셈이었다. 그런데 아직 집도 다 지어지지 않은 상황에서 내가 누군가를 부른다는 것은 불가능에 가까웠다. 그러나 위기는 오히려 기회가 된다. 사귀고 다음 날 나는 완주행 버스를 타며 말했다.

"내가 집을 다 짓고 내려오면 누나는 손님이 되지만, 나와 같이 집을 완성한다면 누나는 개국공신이 되는 거다."

역시 사람은 세 치 혀를 잘 놀려야 한다. 그녀는 나의 설득에 넘어왔고, 그 주말에 바로 버스표를 끊었다. 아, 드디어 해냈다.

뿌리를 깊게 내리는 작물

✳

이제 묘령의 여인과 함께 단단해진 땅을 살리고 농장을 아름답게 가꿀 일만 남았다. 아직 그녀는 내가 농사에 실패만 해온 사람이란 사실을 모른다. 그녀가 보지 않을 때 열심히 책을 뒤지고, 다음 날 확신에 차서 함께 할 농 작업을 설명했다.

먼저 단단해진 땅을 삽으로 뒤집어엎는 데서 출발했다. 삽으로 흙을 뒤집는 일은 요령과 힘이 모두 요구되는 일이다. 하루 종일 땅을 뒤집어도 한 사람이 50평을 일구지 못했다. 그저 포기하지 않는 것만이 땅을 살리는 방법이었다. 일주일이 흐르고 가장 위쪽의 땅 300평을 겨우 뒤집었다.

땅을 뒤집고 나서 배수로를 정비했다. 배수로가 깊게 흐르지 않으면 작물의 뿌리가 물에 고여 썩어버린다. 처음에 논을 밭으로 급하게 바꾼 터라 나의 농토는 아직 배수가 원활하지 못했다. 이 일에 다시 몇 주가 쓰였다. 그렇게 3주가 지나자 겨우 무언가를 심을 수 있는 땅이 되었다.

땅에서 무언가를 거둘 요량으로 그해 가을에 농사를 지었다면 농사는 여지없이 또 실패했을 것이다. 일단 기본 중에 기본인 땅을 살려야 했다. 그래서 삽질과 배수로 작업을 동시에 해나갔다. 그러나 이렇게 해서는 1000평도 넘는 다져진 땅을 겨울이 오기 전까지 뒤집을 수 없다는 점은 분명했다. 누군가의 도움이 필요했다.

농사를 처음 배울 때, 농 작업을 도와주는 일용 알바를 제법 나갔다. 일용 농민으로 나가면 같은 작물도 온갖 방법으로 재배하는 것을 직접 눈으로 볼 수 있다. 또한 그 농민이 작업을 직접 설명하고 지휘하는 과정에서 무료 핵심 강좌를 듣게 되는

데 이것이 농사를 지으면서 도움될 때가 많았다. 한 친환경 농업인을 만나 작업하며 배운 귀동냥으로 배운 지식이 땅을 살리는 묘수가 되었다.

그 농업인은 밭을 살리는 것은 밭작물로 해야 한다는 말씀을 했다. 그중 가장 좋은 것이 뿌리를 깊게 내리는 작물이라고 했다. 오랜 경작으로 땅이 단단해지면 옛날에는 땅을 쉬게 했다고 한다. 그러나 요즘은 사람도 먹고살기 힘든지라 쉬게 할 땅이 없다. 그래서 생각해낸 방법이 작물로 땅을 부수는 것이다. 트랙터가 들어가 땅을 부수면 아래쪽 땅은 더 단단해진다. 그러나 무와 같은 뿌리가 깊은 작물은 흙 깊은 곳까지 뿌리를 내려 흙을 부쉈다.

사람이 귀한 농촌에서는 사람의 노동으로 해야 하는 일을 작물이나 가축을 이용해 대신하는 경우가 많다. 대표적으로 어르신들이 풀을 베는 방법이 있다. 보통 예초기나 낫으로 풀을 베지만 허리가 안 좋은 어르신들은 그렇게 하기에는 힘이 달렸다. 그렇다고 풀을 방치하면 온갖 생물이 풀을 타고 집 안으로 들어왔다. 어르신들은 그럴 때 염소를 풀이 난 곳에 묶어두었다. 염소가 풀을 다 뜯어먹으면 또 옆으로 옮겨 묶었다. 그렇게 시간이 지나면 사람이 손 대지 않아도 풀은 정리되었다. 이후 풀씨와 벌레는 닭을 풀어 일망타진했다. 이렇게 하면 여름 동안 깔끔하게 정리된 뒤뜰의 초원을 감상할 수 있다.

뿌리가 깊게 내려가는 작물인 무, 배추, 마늘을 밭 전체에 넉넉히 심었다. 그리고 그것들을 거두지 않고 겨우내 밭에서 썩어가도록 두었다. 작물이 절로 단단해진 땅을 부수고 부드럽게 만들었다. 뿌리가 썩어 자연히 퇴비가 되니 일석이조의 효과를 거두는 것이다.

그러나 이렇게 해도 겨우 300평의 땅을 손봤을 뿐이었다. 겨울은 이미 한 달 앞으로 다가왔는데 단단해진 땅은 아직도 600평이 남아 있었다. 삽으로 일일이 뒤집는 방법이 아닌 다른 묘수가 필요했다.

보리를 심다

✳

완주에 이사와 새로운 친구를 많이 사귀었다. 그중 태수라는 이름을 가진 친구가 두 명이다. 한 명은 가구를 만드는 태수고, 또 한 명은 술을 만들고자 준비하는 태수였다. 두 번째 태수는 수제 맥주를 빚어 자신만의 브랜드를 만들고자 했다. 그런데 맥주를 만들려면 맥주용 보리가 따로 필요했다. 맥주보리는 월동 한계가 낮아 완주보다 따뜻한 익산에서나 재배가 가능했다.

완주는 맥주보리가 월동할 수 없는 땅으로 인식됐다.

두 번째 태수 형은 맥주보리를 실험해보고 싶어 했다. 지구 온난화가 진행되어 기후가 점점 따뜻해지니 완주도 맥주보리를 심을 수 있을지 모른다고 했다. 난 형의 말을 들으며 예전에 읽은 농서가 생각났다. 그 책에는 보리를 심으면 땅이 보드라워지고 지력이 좋아진다고 했다. 형은 국립종자원에서 맥주보리를 넉넉히 주문해뒀는데 같이 심지 않겠느냐고 제안했다. 나 같은 조무래기를 끼워준다고 하니 너무 기뻤다. 단단해진 600평의 땅을 보리로 보드랍게 할 수도 있지 않을까?

일단 그가 보내준 보리 재배 교범을 읽었다. 도서관에 가서 추가적으로 보리에 관한 몇 권의 책을 찾아보았다. 결론은 보리는 퇴비를 많이 주고 흙만 닿으면 잘된다는 것이다. 말은 쉬웠지만 흙에 보리가 닿게 심는 것은 쉬운 일이 아니다. 보리는 밭에 듬성듬성 심는 작물이 아니다. 전체 밭에 풀처럼 골고루 뿌려야 우리가 아는 보리밭을 구현할 수 있다. 그러려면 단단해진 땅에 뿌리박은 풀을 모조리 뽑아내야 했다.

기계를 쓰지 않기로 다짐했으니 호미를 들 수밖에 없었다. 그래도 나에겐 친구들이 가끔 찾아와 도와주기도 하고, 결정적으로 묘령의 여인이 곁에 있었다. 호미를 여러 자루 샀다. 밭에 들어가 풀을 한 포기씩 뽑았다. 이 작업도 집 짓기나 매한가지다.

건성건성 해선 보리가 나중에 나의 게으름을 증명해줄 것이다. 너멍초가의 실패를 다시 반복할 수 없었다. 왕도는 하나씩 성실하게 풀을 뽑는 것이었다.

그렇게 풀을 정리하는 데 2주가 걸렸다. 이제 보리를 뿌리고 흙을 덮어주기만 하면 된다. 끝이 보였다. 그런데 흙을 덮는 것이 문제였다. 교범에는 안전한 월동과 발아를 위해 5센티미터 정도의 흙을 덮어주라고 했다. 그런데 600평의 밭에 보리를 골고루 뿌리고 흙 5센티미터를 다시 덮는 건 쉬운 일이 아니다. 결국 '될 대로 되라' 식으로 보리를 마구 흩뿌리는 산파를 시도했다. 그 위에 정리한 풀을 살짝 덮어 마치 흙에 덮인 것처럼 보리를 속여보기로 했다. 다행히 보리는 속아 넘어갔다. 자신이 흙 속에 있는 줄 알고 싹이 돋아난 것이다. 거기에 더불어 오래 가물던 가을 하늘이 변해 며칠 장대비를 쏟아부었다. 미처 햇빛을 가려주지 못한 보리들은 이때 흙탕물을 타고 흙 속으로 들어가 싹을 틔웠다. 대성공이었다.

너멍굴에서 버틴 지 3년 만의 일이었다. 내 두 손으로 직접 지은 집에서 살면서 내가 가진 모든 땅에서 경작을 하고 있었다. 사람이 살지 않고 풀로 가득 차 있던 너멍굴에 새 시대가 열린 것이다. 이제 너멍굴이라는 산골은 두 사람이 들어와 삶을 꾸리고 여느 할머니들의 밭처럼 작물로 빼곡히 들어찰 일만 남았다.

이제 돌아오는 한 해 한 해마다 자급러 신분을 넘어 자급률 50퍼센트에 더 가까이 다가갈 것이다. 돌아보면 이 모든 것은 머리 조아리지 않고 자유롭게 살고 싶다는 바람이 만든 변화였다.

씨앗 받는 농부

총무이사가 되다

✧

토종 씨앗으로 농사짓는 농사꾼을 만들자는 구호로 만들어진 씨앗받는농부 영농 법인은 자본만 모자란 것이 아니었다. 나는 영농 법인이 만들어지고 몇 개월이 지나 합류했다. 조합원으로 합류하고 보니 돈뿐만 아니라 사람도 모자랐다.

토종 씨앗으로 농사짓는 농사꾼은 지금의 농업 현실에선 일정한 생산량 감소를 각오해야 했다. 농약 회사에서 판매하는 씨앗들은 생산량 증가와 병충해에 강한 품종으로 개량된 것이다. 씨앗을 직접 채종해서 심으면 매년 같은 품종 가운데 가장 튼튼하고 좋은 작물을 씨앗으로 일정량 남겨야 했다. 생산량도 개량 씨앗에 비해 30퍼센트 정도 적었다.

농사를 통한 수익이 중요한 농민에게 토종 씨앗을 지키는 것은 일종의 사치였다. 농사를 짓기 위해 기계, 하우스, 수많은 농약, 비료, 비닐, 거름을 사야 하는 판에 수확량이 조금이라도 줄면 바로 적자로 돌아설 가능성이 높다. 결국 처음에 모였던 농민 일부가 빠졌다.

영농 법인은 농민 5인 이상이 모여 만드는 농민협동조합이다. 아무리 좋은 뜻을 지녔어도 사람이 모이지 않으면 뜻을 이룰 수 없다. 선배 농사꾼들은 토종 씨앗이 주는 생산량 감소를 받아들이지 못했다. 운영진 중 몇 명의 이사도 빠졌다. 빈자리는 농업인으로 채워야 했는데, 토종 씨앗을 선택할 농사꾼은 그리 많지 않았다. 결국 나 같은 초짜에게도 중책이 돌아왔다. 다행인지 불행인지 나에게는 토지와 농업경영체라는 '농민 확인증'이 있었기 때문이다.

나는 이종란 선생님에게 3년을 배웠지만, 아직은 언제 무엇을 심고 거두는지 정도만 아는 신출에 불과했다. 하지만 선택의 여지는 없었다. 선생님은 이사 겸 총무를 나에게 제안했다. 다행히 난 토종 종자와 무자본 농법으로 길을 잡은 농민이라 영농 법인 활동과 나의 생계를 위한 농사가 충돌하지 않았다. 내가 농사를 잘 지어야 영농 법인이 추구하는 농민이 늘어나는 것이고, 영농 법인이 잘되어야 나 같은 소농이 연대할 수 있는 장이 만들어지는 것이었다. 부담은 있었지만 망설일 이유는 없었다. 다들 고추를 심고 풀을 한 번씩 잡았을 무렵 급하게 임시총회가 소집되었다. 안건은 통과되었고 난 총무이사가 되었다.

　　　이제 만들어진 신생 조직의 총무는 중요한 자리였다. 첫 해의 활동이 이정표가 될 가능성이 컸다. 대표인 이종란 선생님 과 이사들은 사업보조금이나 관의 지원은 최대한 줄이고, 스스 로 자생하는 구조를 만들어야 한다고 말했다. 이를 위해 조합원 들은 토종 종자를 이용해 판매하는 생산물의 수익 중 10퍼센트 를 조합의 수익으로 남기기로 했다. 또한 조합에서 토종 농산물 을 활용해 김장 체험이나 고추장 만들기 체험과 같은 사업을 하 기로 했다. 조합은 체험 사업에 필요한 재료들을 토종 종자를 키 우는 조합원들에게서 시중보다 비싼 가격에 사들이기로 했다. 토종 종자 생산이 적은 상황에서 소농들의 수익을 보장하기 위 한 방책이었다.

　　　그러나 확정되지 않은 계획은 자주 변경되었고, 그때마 다 일이 쌓였다. 조합원들과 고추작목반을 만들어 서로의 기록 과 재배 노하우를 취합하면서, 토종 씨앗을 알리는 행사에 나가 야 했다. 김장 체험과 고추장 체험 행사도 진행해야 했다. 물론 나는 뒤에서 시키는 일만 하는 졸개에 불과했다. 모든 사업은 미

흡했지만 어쨌든 무사히 끝이 났다. 한 해 살이가 끝나자 이사 활
동을 어떻게 해야 할지 감이 왔다. 더 해야 할 일이 그려졌고 줄
이고 없애야 할 활동이 확실해졌다.

토종 씨앗 농사꾼

✳

　씨앗받는농부 총무 활동은 결과적으로 잘한 일이었다.
농사와 조합 일이 겹칠 때에는 농사지을 시간도 없는데 왜 이걸 맡았나 싶었다. 그러나 조합 일이라는 것이 결국 선진지 견학이었고, 선배 농사꾼의 노하우를 배우고 정리하는 시간이었다. 나는 조합 총무를 맡은 1년 동안 그 전 3년보다 더 많은 농사꾼을 만났다. 거기에 그들의 밭을 견학하는 수준을 넘어 직접 돌아다니며 흙을 만지고, 작물의 특성을 기록하며 시간을 보냈다. 1년이 지나자 조합 활동은 곧 나의 배움이 되었다. 나도 모르는 사이에 엄청나게 많은 지식이 내 몸에 축적되었다.

　　농사는 1년에 한 번의 기회밖에 없다. 고추 농사도 1년에 한 번 짓고, 배추 농사도 1년에 한 번 짓는다. 아무리 기를 써도 더 할 수 없다. 2019년 너멍굴에서는 음성재래만 키웠다. 다른 종자를 함께 키우면 서로 품종이 섞여 못 쓰게 된다. 결국 한 해에 한 품종만 키울 수 있다.

　　조합 일을 하면서는 상황이 달라졌다. 칠성초를 키우는 농가에 방문해 시기별로 생장 상황과 수확량을 확인했고, 금패향각초나 수비초 같은 품종을 재배하는 농가도 방문했다. 그리고 그것들을 다 기록하고 정리했다. 같은 품종이라도 농법에 따라 농장의 위치에 따라 생장이 달랐다. 비닐을 씌운 고추가 비닐 멀칭을 하지 않은 고추에 비해 몇 주나 수확이 빠른지, 병충해가 오는 차이는 어떠한지를 모두 동일 기후와 비슷한 지리적 환경에서 관찰할 수 있었다.

토종 배추는 김장 체험 사업을 하며 생산 및 수확 이후의 가공까지 익힐 수 있었다. 가을 대표 농작물인 배추는 농가들이 수익과 자급을 위해 많이 재배하는 품목이다. 배추 재배와 판로에 대한 경험은 '무자본 농법'이라 불리던 무경험 농사에 실전 경험을 제공했다.

배추에서 토종과 일반종의 차이는 다른 농작물보다 현격하게 벌어진다. 먼저 모양과 맛이 완전히 다르다. 우리가 지금 먹는 대부분의 일반종 배추는 중국에서 건너온 호배추의 개량형이다. 이 호배추가 토착화된 품종이 청방배추라는 것이다. 청방은 일반 배추에 비해 훨씬 작다. 그리고 맛과 향이 강했다. 조선배추나 경종배추는 생긴 모양과 맛이 꼭 갓 같았고, 구억배추는 김장을 담아 2년이 지나면 딱 먹기 좋은 김치가 될 정도로 억세다.

대표 농작물뿐 아니라 상추·시금치·쑥갓 같은 엽채류나 메주콩·검정콩·밤콩·동부콩 같은 두류, 토종밀·보리·수수·조 같은 곡류 등 토종의 방대한 세계에서 내가 경험하지 못한 수많은 시행착오와 기록이 머리와 몸으로 들어왔다. 물론 책으로 본 이야기도 많았지만 직접 만져보고 듣는 것은 책으로 읽는 것과는 비교할 수 없었다.

이제는 할머니들에게 물어보고, 지나가던 밭에 멈춰 농

사꾼을 오래 바라보지 않아도 되었다. 저곳에서 지금 시기에는 무슨 일을 해야 하며, 사람마다 어떤 차이를 가지고 농사짓는지 대략적으로 눈에 들어왔다. 다른 이들이 어떻게 하는지 알게 되니 내가 무엇을 해야 하는지 자연히 머릿속에 그려졌다. 물론 내 손으로 받아 보관하는 씨앗은 아직도 턱없이 부족하다. 그러나 이제는 종자 한 알만 있으면 집에서 자급하는 것쯤은 쉽게 해낼 수 있을 만큼 제법 농사꾼 티가 났다.

관혼상제는 만들어지는 것이다

결혼은 한 인간의 생을 통틀어 가장 중요한 행사다. 그리고 사회가 만들어놓은 절차를 따르는 시험이 아니다. 정답이 없으니 내 맘대로 해보고 싶었다. 할 수 있는 선에서 필요한 만큼만 준비하고 즐겁게 즐기면 그뿐이었다.

나의 꼬임에 넘어온 묘령의 여인은 이제 함께 농사를 짓는 동지가 되었다. 그녀는 너멍굴에서 겨울을 보낸 뒤 나와 조촐한 결혼식을 치르겠노라 허락해주었다. 이제 결혼식을 준비하는 과업이 나의 새로운 임무가 되었다. 직접 준비하는 결혼식은 내가 할 수 없는 것들을 전부 지우는 것에서 시작됐다.

웅장한 호텔 예식장은 없다. 새 시대의 상징, 너멍 보리밭의 일부를 베어내 예식장으로 만들기로 했다. 다 익지도 않은

보리밭에 지금까지의 기술을 총동원해 결혼식장을 만들었다.

보리를 베어낼 수는 없으니 자연히 보리가 익는 5월 말이 결혼식 날이 되었다.

공간이 협소하니 하객도 없다. 식장이 보리밭이라면 하객을 많이 모실 수도 없었다. 결혼식이라는 것이 어차피 우리 결혼했다고 동네방네 소문내는 것이니, 동네 사람들에게는 직접 찾아가 인사하는 것으로 대신하고, 가족끼리는 간단히 밥을 먹기로 했다. 양가 가족의 수를 헤아리니 모두 합쳐 열다섯 명 남짓 되었다. 거기에 간단한 결혼식 진행은 운혁이 봐주고, 사진은 군대 후임이었던 디자이너 선명이 맡기로 했다.

양가가 주고받는 예물도 없다. 나도 결혼식이 처음인지라 어머니께 세상의 예물 계산법을 물었다. 보통 남자가 집을 하고 여자가 혼수를 하는 것이 과거의 셈법이라고 했다. 그러나 이미 사회도 많이 변해 그런 것들이 필요 없다고 하셨다. 그렇다. 집이나 가구야 그녀와 같이 만들었으니 됐고, 혼수는 산골에 전기가 풍족하지 않아 마련해도 어차피 쓰질 못하니 필요 없는 것들이다. 결정적으로 산골은 사람이 제일 귀하다. 제일 귀한 사람을 예물로 받았으니, 더 받는 것은 염치없는 일이다.

그렇게 큰 틀을 짠 산골 결혼식 준비에 들어갔다. 장소는 초라해도 술은 귀해야 했다. 봄이 올 무렵, 집에 있는 모든 항아리를 동원해서 술을 빚는 것으로 음식 준비를 시작했다. 내가 제일 좋아하는 마음의 양식, 술을 넉넉히 준비하는 것은 결혼식의 첫째 요건이었다.

생태화장실을 준비했다. 사람은 먹으면 반드시 싼다. 화장실이 없다면 온 밭을 모두가 똥밭으로 활용할 것이 분명했다. 그들의 분뇨를 한곳에 소중히 모아 퇴비로 만들면 결국 밭과 우리에게 모두 좋은 일이었다.

화장실을 만든 후 결혼식장을 만들었다. 집을 짓던 가락으로 불과 며칠 만에 결혼식장을 만들었다. 집 지을 때 말곤 쓸모없을 것 같았던 기술이 이 간단한 구조물을 위해 총동원되었다. 가장 적은 비용으로 최대의 효율을 내는 공법은 경험이 되어 결혼식장 투자 비용을 낮춰주었다. 결혼식에 필요한 음식은 장모님 손길에서 탄생했고, 테이블에는 할머니가 만들어주신 연등과 산 아래 이웃집 마당에서 자라는 꽃들이 놓였다.

2019년 5월 26일, 너멍굴에서 결혼식이 열렸다. 우리의 빈한함을 하늘도 가엽게 여겼는지 이날은 연이어 이어지던 고농도 미세먼지도 바람에 날아갔다. 야외 결혼식은 하늘이 7할이다. 하늘이 맑으니 만사가 형통했다. 음식은 맛있고 술은 달큰했다. 우리는 반지 대신 호미를 예물로 교환하며 결혼했다.

너멍굴에서 진행된 야외 결혼식

나가며. 보리의 아버지가 되다

결혼식이라는 작은 소동 이후 다시 밭으로 돌아왔다. 이제는 둘이 힘을 모아 밭을 일구고 집을 수리했다. '노총각의 산골 투쟁기'가 '신혼부부의 산중일기'로 변하는 순간이었다. 어지럽게 널부러진 살림은 창고를 만들어 정리했다. 집에는 담장을 둘렀다. 풀에 치이던 작물이 작은 열매와 함께 죽어가던 밭은 모습이 점차 변했다. 가을이 오자 토종 고추는 풀을 이기고 열매를 주렁주렁 열었다. 그녀가 너멍굴에 들어오니 그토록 바라던 농사 짓는 삶이 저절로 탄생했다.

생산이 늘고 식구가 늘어나니 걸음마 1호는 너무도 비좁았다. 우리는 새 중고 트럭을 장만하기로 했다. 그러나 여전히 호주머니는 얇았기에 1톤 트럭을 살 수는 없었다. 장고 끝에 라보보다는 크고 1톤보다는 작은 미니 트럭이 우리의 새 운송 수단으로 낙점되었다. 우리는 염원을 담아 새로운 트럭에 '대풍 1호'라는 별호를 붙이기로 했다.

풍요로웠던 2019년 가을이 지나고, 서리와 함께 농한기가 왔다. 우리는 결혼식의 완성인 신혼여행을 떠나기로 했다. 대풍 1호의 짐칸에 결혼식장이 되어줬던 자재들을 이용해 캠핑카를 만들었다. 그 안에 식량과 취사 도구, 이불과 작은 발전기를 실었다. 치열했던 산골의 생존 투쟁은 잠시 잊고 한 달간 지리산과 남해안 곳곳을 돌았다. 2016년 완주로 내려온 이래 처음 갖는 휴식다운 휴식이었다. 신혼여행 이후 우리는 너멍굴의 새로운 풍년을 준비했다. 그러던 중 예상치 못한 씨앗이 뿌려진 것을 알았다. 아이가 생긴 것이다.

바야흐로 농사 중의 농사라는 자식 농사의 여명이 떠오르고 있었다. 지금까지 수많은 작물의 씨앗이 내 손을 거쳐갔다. 그들과 함께하는 농사는 실패가 두렵지 않았다. 엎어지면 다시 씨앗을 뿌리면 되기 때문이다. 그러나 인간의 씨앗은 실패가 곧 가문의 패망인 것을 수많은 역사책은 말해왔다. 자식 농사는 농사 중에서도 가장 어렵고 실패에 대한 책임이 엄중하다. 안 되면 다시 한다는 안일한 생각은 접어두자. 산중 신혼부부는 자식 농사를 앞두고 배수의 진을 치기로 했다.

먼저 나는 술을 끊었다. 농사일의 고단함을 달래주던 한 잔의 명약은 아이와 미래에는 독이다. 이제는 나 홀로 농장과 새 식구들을 돌봐야 하니 곱절로 부지런해야 했다. 지금보다 더 부지런하려면 술을 멈추는 방법밖에 없었다. 그러나 대학 시절부터 세운 수많은 금주령이 얼마 안 가 무너지지 않았던가. 10여 년의 관성이 하룻밤에 고쳐질 수 있을지 불안했다. 하지만 환경이 사람을 만드는 법이다. 그해의 금주령은 아이를 낳고 산후 조리까지 무려 1년 6개월간 그 서슬 퍼런 날이 무뎌지지 않았다.

　　단 한 잔의 독배도 허용하지 않자 몸은 혁명적 변화를 맞았다. 격렬한 노동 이후 아내에게 미역국을 끓여 밥상을 내었다. 그리고 다시 나무를 하고 방에 불을 넣고 집의 아쉬운 부분을 고쳤다. 이렇게 1년 반을 살아도 몸은 지치기는커녕 더욱 단단해졌다. 머리는 또 얼마나 명민해졌는지 모른다. 술독에 빠져 열 번을 들어도 하나를 모르던 날이 많았는데, 다시 학창 시절로 돌아간 것처럼 하나를 들어도 열을 알았다. 이해력과 기억력이 좋아지니 세상이 달리 보였고, 일머리도 쉽게 잡혔다.

　　씨앗받는농부 총무와 아기자기텃밭, 네 살림 공동체 등의 활동을 멈췄다. 몸이 강철처럼 변하고 있었지만 여전히 하루는 24시간이다. 할 수 없는 일이 많았다. 너멍굴 농장을 돌보고 공동 농장에 가고 영농 법인 일을 보기엔 시간이 부족했다. 결국 일을 하나씩 줄여갔다. 임신 중반을 넘어서는 너멍굴 농사를 제외한 모든 일을 없앴다(물론 조합원을 하고 있고 유대관계는 아주 좋게 이어지고 있다).

다행히 나는 사람을 만나 기운을 얻는 성격은 아니었다. 오히려 만나는 사람을 줄여야 활력이 돋는 사람에 가까웠다. 홀로 밭에 나가 식물을 돌보고, 집에 들어와 조용히 집안일을 한 뒤 즐기는 단출한 식사와 수다가 좋았다. 사람이 변한 건지도 모르겠다. 왜냐하면 분명 20대에는 하루가 멀게 사람들과 어울리고 작당하는 삶을 살았기 때문이다. 사람이 한 순간에 변했는데도 금단증상은 없었다. 아마도 이것이 자식의 힘인가 보다.

아이는 예정일보다 한 달을 당겨 2020년 10월 3일 개천절에 나왔다. 갑자기 양수가 터져 응급으로 수술을 했다. 원래 계획은 조산원에서 자연주의 출산으로 낳을 참이었다. 그런데 아이가 싫었는지 대뜸 나와버렸다. 덕분에 병원 신세를 보름 가까이 지기는 했지만, 이후 아이는 조산한 것이 무색하게 건강하고 통통하게 자라났다.

아이를 기다리며 많은 변화가 있었다. 삶이 변하자 새롭게 알게 된 것이 있었다. 무언가를 만들기 위해선 욕심을 버리고 정성을 다해야 한다. 최선을 다한다고 일이 잘되지는 않는다. 열심히 무언가에 몰두하는 만큼 그 욕망을 덜어내지 않으면 인간의 노동은 끝이 없다. 배 속의 자식은 그 모습을 나투기 전 부모의 사상을 완전히 개조했다. 생각의 변화는 일상을 더욱 풍요롭게 해주었다. 우리는 아이가 준 깨달음에 탄복하며, 아이의 이름을 불경에 나오는 '깨달음'이라는 뜻의 '보리'로 지었다.

진보리가 태어나고 너멍굴 생명들도 변했다. 매년 지어오던 토종마늘의 크기가 두 배로 커졌고, 닭들도 인간의 자식을 보며 자극을 받았는지 수많은 알을 품어 부화시켰다. 이 글을 쓰는 지금은 40여 마리의 닭과 사람 키를 넘는 옥수수, 주렁주렁 달린 고추, 사과와 매실이 열리기 시작한 나무들이 너멍굴 농장에 터 잡고 있다.

결국 보리와 함께 찾아온 것은 나의 변화였다. 욕심을 버리자 생명이 보였다. 언제 심고 거둬 얼마에 파는 농산물이 아니라, 우리와 같은 욕망을 지닌, 농사꾼의 도움으로 태양과 흙을 먹으며 자라는 생명들. 그들을 관찰하고 필요한 것들을 채워주다 보면 비닐을 치지 않고 비료와 농약을 뿌리지 않아도 생명은 건강하게 생긴 만큼 자라났다.

자유롭고 싶었다. 밥 굶지 말고 머리 조아리지 말고 살자며 농촌으로 들어왔고, 6년의 시간이 흘렀다. 물론 지금도 끊임없이 누군가에게 부탁하고, 생계를 걱정하며 살아간다. 그런데 행복하다. 처음과 달라진 것은 살면서 생기는 수많은 욕망에 '더'

라는 말을 붙이지 않게 된 것이 전부다. '오늘은 여기까지', '올해는 이만큼만' 같은 멈춤의 문장이 내 삶을 더 풍요롭게 해준다. 아직 지어야 할 농사도, 갚아야 할 빚도 태산처럼 많다. 그러나 자유롭다. 더도 말고 덜도 말고, 지금처럼 살면 좋겠다.

사과꽃이 핀 봄날.
아내 포도와 보리가 밭을 둘러보고 있다.